アメリカ　非道の大陸

多和田葉子 Tawada Yoko

青土社

アメリカ——非道の大陸　**＊もくじ**

さあ、出発しましょう。

第一章

スラムポエットリー

あなたは飛行機の中でうとうと眠りながら、そんなはずはないのに機体を外側から見ている自分に驚いていた。鈍い銀色の機体に氷の粒が何億も貼り付いている。岩のように硬い粒は、直射日光に隈なく照らし出され、雲の指に愛撫されても、少しも溶けない。

右斜上から女性の声が聞こえて、あなたは目が覚める。目の前に、新書判くらいの大きさのカードがつきだされている。スチュワーデスがあなたを見て微笑みながら、そのカードを差し出している。あなたが受け取ると、スチュワーデスは、あなたの左隣の席に座ってさっきまで蓑虫のように毛布にくるまって寝ていた老女にも一枚手渡す。細い腕があなたの鼻先を横切り、紙を受け取る。

あなたの視線は小さな字で印刷された長い文章の上をすべっていった。疑問符だけがはっきり目に入る。そしてまた疑問符。そしてまた。少しずつ目が覚めてくると、見知らぬ人たちと巨大なさんまの体内に閉じ込められていることが滑稽に感じられてくる。飛行機に乗っていると言えば聞こえはいいが、実際は見知らぬ人たちと空中で椅子に縛りつけられて捕虜になっているだけではないか。しかもお金を払ってまで。ヒースロー空港でこの飛行機に乗り込んで以来ずっと続いている換気の音が、急にうるさく感じられる。空気が乾いているのか、鼻の中の粘膜がつっぱっている。何度か深くまばたきして、もう一度、カードの印刷された疑問符を睨み付ける。真面目に読まなければ理解できない、と自分に言い聞かせる。真面目に。あなたはナチスに協力したことがあるか、と書いてある。あなたは麻薬の販売をしていたことがあるか、と書いてある。あなたはそれだけ分かると、あとは読まないで、全部「ノー」のところに鉛筆で印を付けた。それから、鉛筆を使うのはよくないかもしれないと思い直して、鞄を足元から引き上げて、ボールペンを探す。鞄の中で小さな化粧水の容器がお腹をへこませて、ひしゃげていた。ボールペンのインクも萎縮して、細い透明の管の奥の方で固まり、先が乾いていた。

その時、隣の老婆があなたの手のひらに指で触れた。あなたははっとして顔をあげる。実際の年は分からない。日焼けして、皺は深いが、遠足にでかける小学生のように嬉しそうにしている。息子がニューヨークで働いているのでこれから会いにいくのだが、自分は字が書けないので、代わりにこの紙を書いてほしい、と言う。あなたは少し驚いて、入国カードと見慣れない色のパスポートを受け取る。開くと、顔写真が貼ってある。目の形、鼻の形が隣にすわっている女性の目鼻と同じなのか違うのか判断できない。白と黒に翻訳されて、抽象化された人間の顔は、別の時間からこちらを見つめている。アラビア文字が並んでいる。あなたはまばたきする。自分は字が書けると信じて疑ったことのないあなたは、初めて戸惑いを感じる。この字を正確に写して書くことができるのだろうか。口をかすかに開いたまま隣を見ると、老女はパスポートをすばやく一ページ先へめくった。そこには西洋のアルファベットで名前がタイプされていた。老女は愉快そうに声をたてて笑った。あなたはほっとして、アルファベットを書き写し、生年月日を書き写した。老女はまだ老女ではなく、六十代だということが分かった。それから、国籍の欄に進み、パスポートの表紙を見る。「パレスチナ・オーソリティ」と書いてある。これはネーションだろうか、国籍の欄に「パレスチナ」と書くのだろうか、と迷っている数秒のうちに、心臓がどきどきし始めた。試験で分からない問題を出された時のように、身体が硬くなった。老女の方を横目で盗み見ると、あなたがあまりのろいので呆れたのか、もう居眠りしている。あなたは盗人のようにそっとまわりを見回す。通路をはさんだ隣の席に、ジーパンをはいた三十歳くらいの女性がすわっている。熱心に読んでいるペーパーバックの本の表紙を盗み見ると、どうやらオランダ語らしい。「すみません、ちょっと質問があるんですけど」とあなたは声を殺して話しかけた。女は目をあげた。「このパスポートなんですけど、ナショナリティは何って書けばいいんでしょう？　頼まれたんです」あなたは、パスポートの表紙を彼女に見せた。彼女は唇を少し動かして考えていた。「パレスチナってネーションでしょうか」とあなたは尋ねた。彼女は数秒考えてから正直に、「分からない」とだけ答えた。その時、隣の老女が目を覚ましたようだった。あなたは覚悟を決めて、「ここにナショナリティを書くんですけれど、何と書けばいいんですか？」と尋ねた。あなたの顔があまり真剣だったのがおかしかったのか、老女は少女のようにくすくす笑い出し、「そんなのは何でもいいから適当に好きなことを書いておいてちょうだい」と言って、右手をばらっと振った。

「アメリカ合衆国に親戚はいますか？」と顔のまるい制服姿の若い女性が尋ねる。そんなことどうでもいいのに、とあなたは思う。「何をしに行くのですか？」と尋ねられ、観光ガイドに書いてあった通り、「サイトシーイング」と答える。「その前はベルリンに滞在していたんですね。どうしてヒースローで乗り換えて来たのですか？」と聞く。「その方が安いから」と答える。「アメリカに叔父か叔母か従兄弟が住んでいるのではないですか？」と尋ねる。それはさっきの質問とだぶるのではないか、と思ってちょっと腹を立てる。でも、そうやってこちらをいらだたせて、うっかり口をすべらせようとしているのかもしれない。または、言葉の上での誤解を最小限にとどめるため、同じことをいろいろな単語を使って何度も尋ねるのかもしれない。あなたは、以前、英語の試験で、「親戚」と訳す代わりに間違えて「関係代名詞」と訳したことがあった。でもそのことを、この人が知っているわけはない。「叔父も叔母も従兄弟もいません」と答える。「合衆国には何日滞在するのですか？」と聞かれる。「知っている人のところに泊まるのですか。知り合いはいないのですか？　たとえば兄弟とか。」制服の女性は、あなたの目には役人のようには見えない。むしろ、学生が学園祭で芝居をしているように見える。そう思えばこの質問ごっこを楽しめるはずなのに、それでも、腹をたてないで、すべての質問に答えるのは大変なものだ。怒鳴り出して、暴力をふるって、入国を断わられる人もいるのだろうか。やっと質問の鎖は切れ、向こう側の世界に脚を踏み入れる。さっと空気が変わったように感じる。肩にのしかかっていた重力が消えて、足が軽くなる。空気は充電されていて、それでいて呼吸しやすい。あなたは足早にその場を去ろうとするが、なぜかふと足をとめて、振り返る。まだ国の外側にいる人たちの群れが見える。審査を待っている向こう側の人たちは、群れに見える。こちら側にいるのは、個々の人間だが、あちらは群集だ。数歩戻ると、群集の中の一人一人の顔がまたはっきり見えてきた。美しい銀髪の女性が、制服の女性の質問に困ったような顔をして、おそらくどう答えていいのか分からないので、微笑みでごまかしている。後ろの列から背広姿の男性がフランス語で何か叫ぶ。まわりの数人がどっと笑う。銀髪の女性がその笑いに励まされたように威厳をもって、フランス語で何か答える。制服の女性は負けずに英語で何かまくしたてる。どういうわけか話が通じたらしく、ふいに二人が激しくうなずきあい、待っていた人たちがどっと笑う。あんな風なやり方でもいいんだ、とあなたは驚く。どんなやり方でもいいんだ。でも、そのやり方は自分で見つけるしかないらしい。

あなたは見た。十ドル札を受け取って、切符と思われる紙切れを渡してくれる青年の手の甲の色は、手のひらの色よりずっと濃い。まぶしい太陽が、飛行場のコンクリートの庇の間から照りつけている。あなたは自分の手を日にかざしてみた。やはり手の甲の方が手のひらよりも色が濃い。それまで、そんなことを考えたこともなかった。あなたの手の甲は日に焼けて茶色に近い色になっていて、よく見ると小さな溝が無数にある。手のひらは、つるつるでなま白く、ほのかに赤みがさし、三本の長い皺があなた自身には読めない運命を刻んでいた。バス会社の青年は、あなたに対して、はすかいに立っている。あなたにチケットを売っていても、あなたが時間を聞いても、彼の身体は少し離れたところに立っている同僚の女性とバスの運転手の方に向けられたままで、あなたの方をまっすぐには向かないのだ。三人があなたを閉め出した三角形を作っている。あなたは余計なことを言ってはいけないように感じて、口を閉じて、空を見あげた。あなたは本当はその青年に話しかけたかった。初めてアメリカに来たんです、と。それは彼がセネガルで知り合ったあの青年と顔がそっくりだったからかもしれない。なぜダカールで乗り物を動かしている人たちはすぐに話しかけてきてくれたのに、ニューヨークではそうはいかないのだろう。ここは都会だから仕方がない、と思ってみる。東京だってパリだって北京だってロンドンだって、知らない人にいきなり自分の話などしない。それなのに彼が自分に冷たいと感じるあなたは、彼に話を聞いてほしいと思っているあなたは、友達になってくれることを期待しているあなたは、何か後ろめたいことがあって、彼にその気持ちから解き放ってもらって、いい人間になろうと目論んでいたのかもしれない。

バスは横揺れしたが、見かけの割に速度があった。グランドセントラル、とバスの運転手が大声で叫ぶ。マイクロフォンというものがないおかげで、威勢のよい声を出さなければならない。まるで魚市で叩き売りでもしているような声なので、新鮮なグランドセントラルという名前の魚を買ってやりたくなる。グランドなだけでなくセントラル、大きいだけでなく世界の中心にいるんだ、と主張している。あげ底、張りぼて、中身はからっぽのいかさまのにおいはするが、新鮮で勢いがあるので、上機嫌が伝染する。バスから降りると、待っていました、と言いたげに、街の活気があなたを抱擁する。ここが自分の街なのだ、とあなたは思う。初めて来るのにどうしてそんな気がするのか分からない。

あなたは檻の向こうにあるタクシーの運転手の後頭部を見た。自分が檻に入れられたようで不安になる。客であるあなたは檻から出せば人間に襲いかかる猛獣だと思われているのかもしれない。左右を見慣れない配色の街並みが流れていく。「わたしはコリアから来た」と運転手が言った。あなたはどう答えていいのか分からない。あなたが黙っているので、運転手は、「あなたの住んでいる国には差別があるか?」と急に尋ねた。あなたはますます何を言っていいのか分からなくなった。あなたの住んでいる国というのは、いったいどの国を思って運転手は言っているのだろう。あなたは一生懸命考えたが、たくさんの答えが浮かんできて、ぐるぐる頭の中を回転し始め、答えられなくなった。あなたが何も答えないので、運転手は、「ニューヨークには差別があるよ」と軽く言った。あなたはますます混乱して、何を言えばいいのか、分からなくなった。

運転手はあなたが会話を拒否した、と思ったに違いない。その理由として自分が差別されたと考えたかも知れない。あなたは自分がどこから来たのか言わなかった。なぜ言わなかったのか。運転手も聞かなかった。なぜ聞かなかったのか。

あなたはのろのろとホテルに入った。受付の女性はくだけていて友好的だが存在感が薄い。クレジットカードを出すようにと言われた。あなたが自動的にパスポートを出すと、クレジットカードを出すようにともう一度言われた。部屋は十六階で、窓の下は一面セントラルパークの緑が広がっている。公園の終わりに高層ビルの群れが並んでいるのが見える。ホテルの階段を降りていく。ロビーではドイツ語を話す人たちの一団がアディダスのジャージを着て、たむろしている。ボストンマラソンと書かれたトレーニングウェアを着た男もいる。二、三人が、あなたの方をじっと見る。あなたがどこから来て何をしようとしているのか考えているらしいのが表情で分かる。あなたはホテルの外に出る。通りを歩いていく人たちは、ドイツ人たちと違って、あなたの方を見ようともしない。公園に入ると、ジャージ姿の女や男が茂みの中から現れては消える。緑は薄く軽く明るかった。毛布を肩からかけて、布の袋をひきずるようにして歩いていく男がいた。おいしげる髪と鬚に隠れて、顔はよく分からなかった。あなたは公園の外に出ようとして、ちょうど公園に足を踏み入れた中型犬と飼い主の女を真正面に見た。するとその時、猫のように小さな犬を連れた別の女が茂みの中から現れた。ふたりはお互いの犬を見つめて、暗号でも交わすように言葉を交わした。それから、慎重に近づいていって、犬同士が肛門のにおいを嗅ぎあっている間、何か話をしていた。

あたりが暗くなり始めた。教えられた通りに行って、教えられた店に入ると、丸いテーブルがところどころに置かれ、席はすでにほとんど満席になっている。天井に吊るされたディスコテーク風のミラーボールが回転しながら赤や青の光の断片をまき散らすので、テーブルの上に置かれた飲み物の色がトマトジュースからビールを経て緑茶へと次々変わっていく。薄暗い空間は、談笑している若い人たちの声がわんわんと店内を満たしている。煙草を吸っている人間は一人もいない。あなたは舞台に近い席が一つ空いていたので、腰掛けた。同じテーブルの人たちはスペイン語で談笑していた。やがて、舞台に司会者がコードレス・マイクを持って現れ、華やかに話し始めた。店内はおしゃべりのざわめきを残したまま、次第に舞台の方向に注意を向けていく。あなたはすぐに椅子を司会者の方向に向けたが、まわりの人たちはそれぞれ勝手な方向を向いてすわっている。横向きにかけて、首だけ舞台の方に向けている人もいるし、舞台に背を向けて、恋人とひそひそ話を続けているのもいる。「さて、今日のスタートを切るのは」と司会者がマイクを持っていない左手を挙げて、最初の出場者の名前をはっきり発音する。

髪の毛を橙色に染めた若い男が飛んであがってきて、マイクをスタンドからはずして、握りしめた。それから、大きく息を吸って、港の風に頬を吹かせるように顔を揺らしながら、かすれた声で歌うように詩を暗唱し始めた。一人の持ち時間は三分。持っている力の全部をその時間内で出し切ろうとして喉に力を入れ身体をくねらせるが、まだまだ出しきれない力が下半身にあるようで、もどかし気に足踏みしている。声はどんどん大きくなっていって、マイクから割れて出る。そうする間にも店のドアが時々開いて、新しい客が入ってくる。その度に、冷たい秋の外気がすっと忍び込む。遅れて入って来る客はすぐにはコートを脱ごうともしないで、もうあいている椅子がないので、人の飲み物をちょっと脇に寄せて、テーブルの隅にお尻をのせたりする。かっと語尾を切って、暗唱を終えて、詩人が軽くお辞儀をして退場する。拍手とともに、司会者が舞台に上がり、華やかにコメントを流し、しばらく早口でしゃべっている。それから、「さあ」と会場を見回す。よく見ると、薄暗い会場のところどころに真っ白い紙が見える。紙を持っている人たちが、みんなの注目を浴びる。紙を持っている人たちには、古着屋で買ったらしい派手な縞模様の背広を来たちょび髭の男もいるし、緑に染めて固めた髪の毛を毬栗のように立てている女もいるし、巨体をだるそうに動かしながら眉をひそめ、自分の耳たぶを左手でしきりと引っ張っている男もいる。ふいに店内が静かになる。一枚目が高らかにさしあげられる。黒いマジックで歪んだ数字が書いてある。「9・2」、うおおおっと歓声があがる。次の紙「8・3」、もう少し小さな歓声があがる。そして次は「9・0」、まるで、数字が文章であるかのように、みんな数字のメッセージを理解して、狼のようなうなり声で答えるのだ。「6・5」というのもある。えええっと驚きと不賛成の声。「9・1」、わあっと喜びの声。誰かが大声でスペイン語で何か言うと、どっと笑いが出た。「8・3」、あなたはフィギュア・スケートの大会を思い出す。そうだ詩人たちは薄い氷の上で踊るのだ。すべって、すべって、転ばないすれすれのところまで、身体を前に後ろにそらしながら。成績が一通り読み上げられると、司会者の後ろで鉛筆で数をメモしていた学生風の女性がすばやく平均点を出す。もう一度拍手が起こって、スピーカーからうねるようにサルサが流れ、みんな汗で失われた水分を補給する自転車走者のようにグラスに口をつけ、ぐいぐい飲んだ。その飲み方から見て、アルコールを飲んでいる人は少ないようだ。きらびやかな光に照らし出された空中を曇らせているのは煙草の煙ではなく、埃の粒子だ。

出場者にはいろいろな男がいた。天井に頭の先がつきそうなくらい背の高い男もいた。彼は、ぶつぶつとつぶやくように暗唱した。厚い唇から漏れる声が泡のように聞き手の耳の中を満たした。頬も胸も腰もぱんぱんに満ちた、母音の多い女性もいた。厚い皮製のミニスカートはどんなに激しく腰が揺れても翻らなかった。黒縁の眼鏡をかけた痩せた少年もいた。自分の世界に閉じこもっているように見え、そのくせ、ふるえる肩、細い声には、どうしても外へ出ていかずにはいられない衝動が感じられた。点数はだんだん辛くなっていくようで、初めの出場者が特に秀でていたわけでもないが、三人目くらいから9以上の点数は出なくなってきた。時間がたつと、際立って見えたものが色あせたり、その時は目立たなかったものが印象を深めていったりする。店はもう満員で、どのテーブルの上にも床にも人がすわっている。あなたは時計を見る、もう夜中の二時をまわっていた。「さあ、いよいよ最後の出場者です」と司会者が言った。ふらっと傾くように舞台に現れた青年がいた。真っ黒に光る髪の毛を半分だけ縞状に金色に染めてオールバックに撫でつけた青年は、静かに舞台中央に立っていた。コンタクトレンズに照明が直接あたって、目が不思議な色に光っている。ひどく痩せているので、洗い晒しのTシャツと細いジーパンの間に隙間ができている。「オクラホマから来たチャイニーズ・アメリカンの」と言って、司会者が片手を彼の方に差し伸べて、名前を言った。観客はこれで最後なので余った力を全部叩き付けるようにわあっと騒いだ。励ましているのか、はやし立てているのか、分からないような歓声だった。詩人はまわりの雑音にも光にも惑わされないで、遠い一点をしっかりと見つめていた。それから眼を閉じて、顎の先と穿き古された運動靴の先を幽かに動かして、自分のリズムを探しているようだった。唇がマイクに接吻するほど近づいて、呼吸が聞こえたと思ったら、唇をほとんど開かないまま、「もしも金があったら」と掠れ声で呟いた。あなたは、なぜだかどきっとした。それから、青年は、自分の欲しいものを見えない台に次々叩き付けるようにして、並べたてていった。商品名も地名も出てこない。この人は別に買いたいものはないのだ。でも欲しいものがこんなにたくさんあって、ここに来たのだ。もしも金があったら。リズムを刻むためだけに繰りかえされるフレーズ。それは呪いの歌のように無気味な低音を保ちながらも、怨みはナンセンスの中で破裂し、空にばちばち火を吹いては消える壊れた電線のように、あなたの目を遠くに近くに引き寄せ、あなたがいっしょに本当に金が欲しい金が欲しいと恥を捨てて床に跪き空に向かって腕をひろげる気持ちにさせられてしまった頃には、あまりにも頻繁にくりかえされた「金」という単語の普通の意味はもう失われているのだった。薄く涙に覆われた壊れそうな顔の表面を恐れ気もなく次々硬貨にして聴衆に投げつける。同情を期待しない。思わせぶりはしない。出し惜しみしない。声は身体の中にある力を放出するための新しい経路を一つまた一つと発見していく。黄金小判のきらめくシャワーを浴びせかけられて、聴衆の身体が無防備になる。冷たいシャワーなのか熱いシャワーなのか、よく分からないままに、浴びる、浴びる。一人一人、身体の向いている方向も、身体の容量も、髪の毛の染め方も違う。今眼に見えている形も色も違うのだろう。でも同じものに捕らえられたように錯覚できる状態が長く長く続く。三分という限られた時間が、自らの枠をとっぱらってどこまでも広がり、詩人の細い身体はこれでもかこれでもかと力を放出しても、からっぽにならない。その時、予告なしに声が止んで、聞き手は床に投げ出された。静寂。拍手。自分で自分を打ちまくるような拍手。熱気がむせかえる。拍手がやむと、遠慮がちの話声がざわめきになって、店内を満たす。それから、司会者の声に導かれて、審査員たちは次々と9点を超える得点を高く差し上げる。あなたの前にすわっていた女性は、その場の感動に耐え切れないで、わっと泣き出す。また拍手が起こる。詩人はあおざめて、にこりともしないで、舞台に棒立ちになっている。汗をかかないタイプらしい。司会者が頬をてかてか光らせて舞台に上がり、ボクシングの試合の後のように、詩人の手首を握って、高く差し上げる。「あなたが優勝者です。あなたが賞金の十ドルを勝ち取ったのです!」そう言って、司会者はくしゃくしゃの十ドル札を詩人の手に握らせる。夕立ちのような拍手。スピーカーからサルサが人家を押しながすようなボリュームで流れ出しても、拍手はまだやまない。

第二章

鳥瞰図

電信柱が、左右を通り過ぎていく。近づけば、どれも表面は樹木の樹皮のように湿り黒ずんで、ささくれだち、釘を打たれたような跡がところどころに残っている。その合間に千切れたチラシの小さな一片が鋲に引き止められて風にひらひら舞っている。あなたはまっすぐに歩いて行こうとしたが、重いトランクを左手で引いているので、身体がどうしても左に傾いてしまう。そのせいか、電信柱が、嵐の後の樹木のように傾いて見える。たわんだ電線が、空を帯状に区切っている。

車が後ろから近づいてくる音がする。あなたはうつむいて脚を速めた。追い抜いていく時、ドライバーが顔をのぞきこもうとしているように思えた。この地では、歩行者は珍しい。みんな脚にタイヤが生えてしまったかのように、いつも車に乗っている。あなたも目的の家の前までタクシーで行けば、歩行者にならなくてもすんだはずだった。間違った家番号をタクシーの運転手に告げてしまったことに気がついた時はもう遅かった。タクシーは走り去っていた。通りの名前はきちんと何度も確認して頭に入っていたが、番号などはたいした意味はないのだからと、いい加減に記憶していたのがいけなかった。たった二十番間違えただけでも、随分歩かなければならない。数字は容赦ない。

明るいブルーやピンクの木造二階建ての家が並んでいる。ポーチの奥にあるドアの脇に、それぞれ番号がついている。その番号を追っていけば目的の家に着くはずだった。家はどれも特に大きくは感じられなかった。むしろ、「シカゴ」というぎらぎらした地名を航空券に刷り込まれて到着したあなたの目には、おとなしすぎるように見えた。なかなか目的の番号に辿りつけない。家と家の間にあいた空間が、つかみどころのないやり方で時間を間延びさせているように思えた。その空間は、庭とは呼べない。芝生もないし、花も植えてない。旅人には理由の説明されないまま、家と家の間があいているのだ。

あなたはやっと捜していた家番号の前に立つ。脇の外壁に、整理のつかないコードが蔓のように絡み付いている。名札は出ていない。くすんだピンクのカーディガンをはおって、茶色いスラックスをはいた女性が出て来た。六十代だろうか、七十代だろうか。あなたを一瞥すると、さばさばと中に招き入れた。身元を調べるような目でじろじろ見たりはしない。同じ屋根の下で今夜寝ることになった他人がどんな人間なのかなど全く心配していないらしい。

小さな部屋にベッドと机と椅子。脇に狭い台所がついていて、中に巨大な冷蔵庫が、どっしりとかまえていた。冷蔵庫の扉が開かれると、黄色がかった光に照らし出された冷蔵空間に、あなたの視線はそっくりのみこまれてしまいそうになった。人の頭くらいの大きさの黒い缶がひとつ入れてある。それ以外はからっぽだ。「これはコーヒーだから自由に飲んでください」と言って、家主は両手で大きな缶を抱え込むようにして出して、蓋を開けて見せた。良く肥えた土のようなものがぎっしりつまっていた。二キロはあるだろう。香りが全くしないので、あなたはコーヒーというのがどういうものだったか急に分からなくなった。コーヒーについて考えようとすると、紅茶という言葉が浮かんでくる。「何か質問はありますか?」「紅茶はありますか?」という質問があなたの口から飛び出した。紅茶を飲むつもりはないのになぜそんなことを聞いたのか。おばけ缶の中のコーヒーから逃げたい、という気持ちだったかも知れない。家主は「もちろんありますよ」と答えながら戸棚を開けて、ティーバッグをひとつ、つまみあげた。それから、紅茶カップに水道の水を入れて、その中にためらいもなくティーバッグを浸した。あなたは、あっと小さな声をあげた。家主はあなたの驚きなど無視して、冷たい水に浸されたバッグの入ったカップを電子レンジに入れて、じりっとスイッチをひねった。かちかちかちかち、という音が思考を急かす。たしかに水はすぐに熱湯になるのだから、冷たい水にティーバッグを入れてから水ごと湧かしてもかまわないはずだった。水風呂に入って、その水を沸かしてもらうのも、熱いお風呂に入るのも同じことか。そう思っても、一度冷水をひっかけられたようになったあなたの肌はなかなか暖まらない。

家主が奥の部屋にひっこんでしまうと、あなたは自分の部屋に内側から鍵をかけて、ベッドに身体を投げ出した。天井を睨んだ。反射した三角の光の破片が揺れている。暗くなる前に散歩に出ようと思ったのに、あなたはいつの間にか眠ってしまったらしい。

目を開けると空間がゆがんでいた。天井はあいかわらず上にある。床は下にある。そして、自分を取り巻く壁がある。どこも変なところはない、今までどおりだ、と自分に言いきかせる。でも何かが違ってしまっている。コンタクトレンズをしたまま、度の強いめがねをかけてしまった時のように、遠さが近さを押しつぶしそうになる。目をあけていられないので閉じても、目眩からは逃れられない。目眩は目の前で起きているのではなくて、目の後ろで起きているらしい。あなたが部屋にいると感じているあなたと、だからそこにあることになっているあなたとが二つに分かれてしまったために、前者は居場所がなくなり、後者は他人になってしまった。右の頬を右手でぱしっと打ってみる。それから、左、右、左、右、痛くないわけではないけれど、「わたし」という何でもない気楽さが戻ってこない。打つ、打たれる、打つ、打たれる。表と裏、でもない。内と外、でもない。目があって、レンズのこちら側からあちら側を見ているはずなのに。眠る前と同じものが見えているのに。息ができなくて、叫びたくなって、がばっと起き上がって、首を激しく左右に振る。部屋があなたを狂わせる。あなたは財布をジャケットのポケットにねじ込むと、前につんのめるようにして靴を履いて部屋を飛び出した。狭い短い廊下には家主の入っていったドアがひっそりある。外へ通じるドアは、もっと荒々しい人相をしている。外は空気がからっぽで、身体が浮いてしまいそうだ。人はいない。車もない。前へ、前へ、前へ。でも、前って何だろう。けつまずいた時に倒れそうになる、その方向のことか。

ガラスの壁にポスターが貼ってある。白いそばかすのある饅頭形のきつね色のパンの中から、毒々しい赤い液体のしたたる肉がはみ出していて、薄切りのピクルスがあっかんべーをしている。それは食べ物というより、得体の知れない人形のようだった。この人形にぶつかってみよう。そう決心して、あなたは顎を突き出して、唇から先に店にずいずい入っていった。カウンターで、あなたは口の中にたっぷりとつばきを湧かせて、チーズ・ハンバーガーという言葉を注文した。空腹ではなかった。

お皿の上のそれを見つめているうち、あなたは不思議の国のアリスのように少しずつ小さくなっていく。あるいは、テーブルが膨張し始めているのかもしれない。お皿の上のものも一呼吸ずつ大きくなっていく。丸いパンが膨れていく、ピクルスの輪切りも、爪のように伸びていく。自分の方が大きいうちに早くかぶりつかないと、もうかぶりつけなくなる。かぶりつく。大きすぎるパンは上手く口に入らない。頬にべったりトマトケチャップがついて、舌先にはかすかにピクルスの薬草くさくて甘酸っぱい味が残った。諦めずにまたかぶりつく。どこかに肉があるはず。肉に食いつけ。肉はとてつもなく大きいのかもしれないけれど、食いちぎれるのは、そのほんの一部。食べた分量は、口の中で計ることができる。一回で食いちぎることのできた量がワン・バイト。バイトを尺度にして外界を測れ。口の中は、魂の中でも外でもない。あなたは口の中に入ってきたものを測量しながら少しずつやっていけばいい。齧っていくうちにハンバーガーはどんどん小さくなっていき、全部食べることはできなかったけれど、パンの大きさが三分の一くらいになった時、あなたは店の中にすわっている客のひとりとして、当たり前の空間にうまく収まっていた。

部屋に戻り、夜に向かって、あなたは服を着替えた。それまで着ていたのっそりした服は椅子の上に放り出して、一番生地の薄い服をトランクの一番下から引き出して着た。

気分はすっかり落ち着いていた。電話でタクシーを呼んで、高層ビルのそびえるダウンタウンに向かう。最上階のバー。「ああ」とか「おお」という母音を発しながら、こちらを向く顔たち。「きょうは他にも外国から知人が来ているから、みんなで夜景を見ましょう」とサムという人に誘われて来たのだが、他に知っている人はいない。そのサムさえ、知り合いの知り合いというだけで、よくは知らない。次々名前を言われ、紹介される。あなたの目は、顔から顔へ移っていって、最後に椅子の背に着地する。「今日はいい日だった？」右隣にすわったメアリーという女性が語りかけてくる。「さっき、部屋にひとりいたら、急に空間がゆがんできて」とあなたは慎重に話し始める。正確に簡潔に話したいと思う。「自分の身体を設置する場所がなくなってしまって。こんなことは生まれて初めてなんだけれど。」メアリーの顔が急に曇る。言ってはいけないことを言ってしまったのだと感じて、あなたはあわててメニューを手に取り、

「何を注文しようかな」と声をなおす。メアリーはほっとしたようで、「いろいろあるわよ」とカクテルの説明を始めた。見回すと、みんな違った色の飲み物をそれぞれのグラスから飲んでいる。ここでは、同じボトル、同じ徳利の中身を分かち合わなければいけないということはないらしい。それぞれ勝手にやればいいのだ。その時、左隣のレナータという女性が首を伸ばして、「空間がゆがむってどういうこと？」とつっこんできた。片側ではタブーのように切り捨てられた話題でも、もう片側には耳を長くして迎え入れてくれる人がいるらしい。「自分がいるということを感じている自分がいて、でもそれも自分なんだから変でしょう？　その自分の留まるための空間は本当はないんじゃないかしら？　そのことに気がついたら、なんていったらいいのか分からないけれど、すごく不安になって、それで外に飛び出した。」

窓の外、下界の街は、監視するような白い光に照らし出されている。夜十時。まだ、店のショーウインドウもレストランのテーブルも台所も事務所も語学学校も地下鉄駅も駐車場もみんな明かりがついている。「どうして光が白いんだろう？」とあなたはまた右を向いて、メアリーに尋ねる。「え？　光？　白い？　どうしてか知らない。」メアリーは全く関心なさそうな、それでいてあなたに気まずい思いはさせない巧みに無色な答えを返した。この人、冷淡ではない。でも、つかみどころがない。「電気の無駄使いじゃない」とレナータがまた首を伸ばして隣から口をはさんだ。「この国で世界の資源のほとんどを浪費しているのよ」とレナータに指摘されてもメアリーはたじろがずに「そうね、本当に」と受けたが、それ以上何も言わなかった。「こんなことを言うと、また古いヨーロッパが云々と言われるかもしれないけれど」とレナータは演説を始める。あなたはレナータの顔をあらためて見る。この人、ここの人じゃないんだ。あなたは、自分だけではなく、たくさんの人がここの人ではないのだという当たり前のことを思い出す。向かいの若い男性が「でも、オフィス街の電気を夜全部消して、翌日またつけるとなると、ずっとつけっぱなしにしておくより電力を消費してしまうんですよ。明るいのは節電のしるしです」と言って、やわらかく微笑んだ。

あなたはいつの間にか、レナータと二人きりで会話をしていた。もうどのくらいここに住んでいるんですか、という平凡な質問が長い長い鎖のようにどこまでも言葉をつなげてくれることがある。レナータがカクテルを傾ける角度はすぐに険しくなっていった。「夫は専門の物理学の他に、油絵を描く趣味があるし、娘は歴史学の論文を書きながら毎日ピアノを弾いているし。わたしだけは特に趣味もないし、自分の専門もないの。昼間は短大の事務をやっていて。同僚はみんないい人だし、お金を稼ぐ場所としては文句はないけれど、でもわたしはこの大陸に来て、いったい自分は何をやっているんだろうって。これだけでいいのかって。」あなたとレナータはいつの間にか透明なテントの中に身を寄せあって、二人だけで話し合っていた。まわりに異質な世界があるという感じはしなかった。まわりには何もないのだ。とてつもなくどこまでも広がった、場所ではない場所に、とてつもなく開放的な顔たちが揺れていた。

翌日は昼まで寝ていた。目をあける時、ためらいがあった。目をあけて、また昨日のようになったらどうしようか。しばらくは、目を開けたり、閉じたり。どうやら平気そうなので、わざとゆっくりと身を起こして、トランクをあけて、洗い晒しで綿のやわらかくなった服を着た。できれば運動靴を履きたかったが、革靴しか持って来ていなかった。

通りを歩いていると、ガラスの壁越しに、光る背広姿で鬚の剃り跡もすがすがしい肩幅の広いビジネスマンがハンバーガーにかぶりついているのが見えた。あんなものは子供がおやつに食べるものかと思っていたら、真面目な顔をして食べている。よく見ると、男のネクタイには昨日見た夜景が図案化されて織り込まれていた。ハンバーガーが食べたいような気がしてきた。あなたが店に入ろうかどうか迷っていると、後ろから肩を叩かれた。少年のように髪を短く刈った顔のほっそりした女が立っていた。「この街を上から見たいんだけどさ、テレビ塔どこにあるか知ってる?」街を見物に来たヨソモノだろう。あなたもリュックサックをしょって革靴を履いているから、やはり外国から来た旅行者に見えるのだろうか。「きのうビルの最上階のバーから夜景を見たけれど、ビルよりカクテルが高かった」とあなたが答えると、相手は、にやっと笑った。よく見ると、ブラウスは襟がちぎれていて、なめらかな首筋があらわになっている。肩につぎが当ててあるが、わざと当てたように見えなくもない。ジーパンもところどころ小さく裂けているが、もともと裂けているのを高級ブティックで買ったのかも知れない。あなたは冗談に「高層のオフィスビルならたくさんあるから、最上階の会社に入っていって、就職したいって言ったら、無料で景色を見ることができるんじゃない？」と言って、空を見上げた。その瞬間、襟無し女はいきなりあなたの手首をぐいっと握って、引っ張って、走り出した。あなたはつまずきそうになりながら、通行人の間をぬって、引っ張られていった。襟無し女はビルの扉を、細い腕で勢いよく押し開け、あなたを引っ張って中に飛び込み、金色にずらりと並んだ会社名の中から最上階にある会社の名前を盗み見て、守衛に、ぬけぬけとその名を告げ、戸惑うあなたの背中を押して、エレベーターの冷たく光るドアの前まで引っ張っていった。このエレベーターは二十四階までしか行きません、と書いてある。振り向くと、反対側には二十四階以上の階に行くエレベーターがある。丸いつるつるのボタンを押して、誰か来たらどうしようと心配しながらエレベーターの来るのを待つ。そこへ、背広の広い肩が現れて、隣にしゃっきり立つ。あなたはわざとそちらを見ないようにしている。扉が開く。襟無し女が最初に乗り込んで、素早く一番上の数字を押す。すると、背広の男はにっこりして、指を引っ込める。彼も最上階へ行くのだ。エレベーターが昇り始めると、脳が頭蓋骨からはずれて宙に浮くような感覚。電光掲示板の数字はどんどん跳ね上がっていく。ドアが開く。襟無し女は堂々と降りてみたものの意外に狭い通路に分かれている廊下をどちらへ行けばいいのか分からないらしく、きょろきょろしている。いっしょに降りた背広の男に「何かお捜しですか」と丁寧に尋ねられ、あなたはどきっとして、頭の中であわてて言い訳を捜すが、襟無し女は少しもあわてず、とぼけた表情で、「最上階は眺めがいいかな、と思ったので、昇って来ちゃったんです」と正直に白状した。すると、背広の男は笑って、「景色なら、わたしのオフィスが一番でしょう。こちらへどうぞ」と言って案内してくれた。秘書なのか、ファイルを抱えた若い女性が部屋に入って来た。「この人たちはシカゴを空から見ようと思ってやってきた外国のお客さんです。エレベーターの中で知り合いになったのです」と背広の男があなたと襟無し女をきちんと紹介してくれて、秘書の人と握手まで交わすことになった。壁の三面が大きな窓になっていて、その向こう、はるか下の方に、建築物が海の波頭のようにどこまでも広がっている。「すばらしいでしょう」と背広の男はまるで出勤しこれから仕事するのではなく、友人を家に招いているような口調で言った。気持ちにこんな余裕を持って仕事しているんだ、知らない人だからって警戒したりしないんだ、とあなたは妙に感心してしまった。「すばらしいですね」と襟無し女は言ったが、内心は鳥瞰図にはすぐ飽きてしまったようで、もう帰ろうという意味なのか、あなたの上着の裾をきゅっきゅと引っ張った。あなたはせっかく目の前にさしだされた豪華な景色からすぐに離れてしまうのはもったいないので、少しでも頭に焼きつけていこうとするのだが、襟無し女にせかされ、仕方なく窓から目を離し、背広の男に急いでお礼を言って帰ろうとした時、彼のネクタイに昨日見た街の夜景が図案化されて織り込まれていることに気がついた。言葉が口から出かかったが、出ないうちに、襟無し女にぐっと背中を押され、オフィスを出て、エレベーターに乗り込んだ。「街なんか上から見たって面白いことは何もないわよ」と吐き出すように言って、襟無し女はひろげた左右の手のひらで、階数を示す数字のボタンをめちゃくちゃに叩いた。二十五から四十八、すべての数字が次々オレンジ色に輝き始めた。

第三章　免許証

あなたは車の免許を持っていない。そのことを電話で言っても、まるで話が通じない。「国際免許に書き換えるのは簡単なんじゃない？」「どの国の免許も持っていないの。」「免許の期限が切れたんだったら、アメリカで更新すれば？」「切れるんじゃなくて、もともと免許というものがないの。」「だったら、アメリカで免許取っていけば？　安いし、運が良ければ、三ブロックくらい走ってまわって見せただけで、すぐに取れることもあるし。」

生まれてからまだ一度も車の運転席にすわったことがないのに、どうして三ブロックも走ってまわることができるだろう。車の免許など取ろうと思ったことさえない人間が存在するということが、まだカリフォルニアの外に出たことのないビルには分からないのだ。あなたは免許の話は打ち切って、とにかく土曜日の夜のパーティーに行く約束をする。ヒルデに頼んで車で連れて行ってもらおうと思った。

木曜日の午後、あなたは車の助手席にすわって、ディーターの横顔を見つめていた。この男の隣の席に偶然にすわることになって、なんでもない話を交わし、恋に落ちて、家を飛び出して、それっきり家に帰らなくなる少女もいるかもしれない。そんな物語を引き寄せる力がディーターの横顔にはある。それでいて、眼尻から頬、顎にかけて流れる曲線をいくら眺めても特に美しい点は見つからないから不思議だ。車の話になる。「運転免許証は身分証明書の代わりだから、ここでは誰でも持っているさ」とディーターはハンドルから離した両手をゆっくりと頭の後ろで組んで言った。サンセット・ブルヴァードはいつの間にか終わっていて、車は今まっすぐにコースト・ハイウェイの一号を南に向かって走っている。右手には太平洋が何億という三角形の手鏡を震わせて光っている。「車を運転しない人は、何を身分証明書にするの？」あなたはディーターがハンドルに手をもどしてくれればいいのにと思うが口には出さない。「運転のできない人はあまりいないだろうけれど、できない人は、運転許可の付いていない運転免許証をもらうそうだ。」あなたは運転許可の付いていない運転免許証なら持ってみたいとも思う。「運転免許証を持っていない人はほとんどいないから、警官が車を停めて運転免許証を見せろと言うことはまずない。」あなたと同じで先月この土地へ来たばかりなのに、ディーターは街のことはもう何もかも知り尽くしたような口調で言う。車中では彼が運転手なので、会話でも自然と彼が道を知る者の役を演じてしまうのかもしれない。

坂をのぼりかけた時、突然、対向車が現れ、ディーターはあわててハンドルに手をもどした。「その代わり、街を歩いていたら警官に呼び止められたという話はよく聞くよ。徒歩で移動するなんて変態だからね。僕の知り合いなんて、散歩していたら車を盗まれたんですかって訊かれたそうだ。警官は本当は、車を盗もうとしているところですかって訊きたかったんだろう。」道路の脇に歩道はない。歩いている人間ももちろんいない。太陽に照らし出されて溶けてしまったのかもしれない。「だから、無免許でもいいから運転していた方が、歩いているより警官には怪しまれないということになる。ちょっと運転してみる?」そう言って、ディーターはあなたの顔を見る。あなたは驚いて、「そんなことをして、もし事故を起こしたら」と思わず声を大きくする。「もし事故を起こしたらなんて、保険会社のコマーシャルに出てくるセリフだよ」と言ってディーターは笑う。ディーターはフランクフルトに住む税理士の息子だという。アメリカに来て、不良少年の役が演じられるのが嬉しいのか、はしゃいでいる。

高い石塀に囲まれているので中は見えない。ブザーを鳴らすと汚れたクリーム色のスピーカーからひび割れた声が聞こえ、ディーターが何か答えると、重そうな格子門が自動的に左右に開く。車ごと敷地に乗り込んでいく。

ディーターは、第二次世界大戦中にドイツからカリフォルニアに移り住んできた作家たちについて本を書いている。その中で当時この地区に住んでいたある作家を個人的に知っていたという億万長者をインタビューするための訪問だった。あなたは億万長者というものを見たことがなかったので、動物園にでも行くような気持ちでディーターについて来たのだった。ディーターとは同じアーティストハウスに滞在しているので、朝食の時にお互いのプロジェクトの話をしていて、面白そうなので一緒に行くことになった。

庭というよりは植物公園のような敷地を抜けると、子供向けに作られたお化け屋敷のような建物が現れた。「このお屋敷は、自分で考えた理想の家を有名な建築家に依頼して建ててもらったそうだ。随分、金がかかったと思う。でもアメリカでは金さえ出せば何でも建てていいんだよ。自由ばんざい！　悪趣味ばんざい！」ドアを開けて出て来たのは、Tシャツがめくれ、そこから脂肪にふくれたお腹をのぞかせている男だった。年は分からない。胸にはファーストフードの店の売り込み文句が印刷されていた。やあ、と言ってディーターに手を振ってみせる。訪問者が来たのが心から嬉しそうだった。あなたがためらいがちに近づいていくと大きな手のひらを差し出して、「マーク」と自分の名を名乗る。名前は短くて平凡。マークはあなたと目をあわせるが、そこには、相手の値踏みをするような表情は全くない。あなたが何者なのか、なぜついて来たのか、ディーターとどういう関係にあるのか、などと探り出そうとする気持ちはないようだった。あなたは新しい人を紹介されれば、感じがいいかどうかということとは別に、着ている服の趣味は、顔立ちは、性格は、性関係は、家柄は、月収は、有名度は、学歴は、と自分でそんなつもりはなくても相手を測量してしまう。ディーターを初めて見た時も、この人は顔がいいから仕事が認められやすいのか、それとも実力が少しはあるのか、ポロシャツは高級品だが洗いざらしのものを着ているのはわざとなのか、それとも親は金持ちだが自分は素寒貧なので買ってもらった服をいつまでも着ているのか、などと、頭の中で見積り計算機がすばやく回転し始めたのを止めることができなかったのを思い出した。ディーターの方もあなたを探るような目で見ていた。自分が美男なことに気がついているのに反撥の気配も誘惑の意図もなく執拗に観察し続けているあなたの下心を推し量ろうとしていたのかもしれない。

庭には、深緑色のどこにでもあるようなテーブルとベンチが置いてある。マークはブリキのお盆に載せてコカコーラを持ってきた。召し使いがいるわけでもないし、コーラに金粉が混ざっているわけでもない。あなたは庭の奥を見極めようとでもするように眼を凝らす。樹木が豊かなので影が多く、空のまぶしさと対照的に暗い庭だった。南カリフォルニアは元々は砂漠で、芝生や茂みや樹木がごく当たり前の顔をして生え揃っているような庭は実は膨大なお金を投資して毎日水をまくことでやっと保っていけるのだ、と昨日アーティストハウスの庭師が教えてくれた。そう思って見ると、目に入ってくる木がすべて、百ドル札に印刷されている木そっくりに見えてきた。

ディーターは鞄から早速、カセットテープレコーダーを出して、インタビューを始めた。マークはコップを手のひらの上でゆっくりまわしながら答えた。「あの作家のことは、親爺が時々話していたよ。話していたということは覚えているが、何を話していたのか、実はよく思い出せないんだ。」マークには人を喜ばせようとか、はっとさせようとか、そんな気持ちは全くないようだ。ディーターは何か面白い逸話が出てこないかと、辛抱強く質問を重ね、あなたは退屈して、ひらひらと近づいてきたモンシロチョウがとまったグラスの縁からコカコーラを飲むか飲まないか、息を詰めて観察していた。

金曜日、海岸であなたはジョンという青年と知り合った。乳首を囲むようにして渦巻き状に生える黒い毛が透けて見える薄い白いTシャツに、青いショートパンツ、真っ白で大きなジョギング用の運動靴という格好だった。脚はこんがり日に焼けて、無駄な肉が付いていなかったが、スポーツ選手の脚のように筋張ってはいない。すべすべとした肌で、柔らかそうだった。

あなたは海岸を散歩していて、蟹のような形をした何かにつまずいてころんでしまった。見ると、サンダルの紐が取れて履けなくなっている。近づいてきて「どうしたの？」と尋ねてくれたのがジョンだった。ジョンは器用な手つきで、切れた皮紐を小さな穴に通し結んでくれた。なおしてもらったサンダルを手に持ったまま、あなたは熱い砂の上にあぐらをかいてすわった。ジョンもあなたの斜め隣にすわって、自分の生い立ちを話し始めた。

ジョンの母親は、日本の東北地方のある村から、アラバマ州の農家の日系人の家に嫁として移り住んできたと言う。重い病気をしていたこともあったが、離婚してからは割に元気だと言う。ジョンは、高校生の時にかかっていたセラピストに「都会に行った方がいい」と言われ、数年前からロサンジェルスで暮らしている。「おふくろは、英語を話すのが年々嫌になっていくようだ。昔は移民の中では英語が得意な方だったのに。僕は日本語ができないから、会話はどんどん減っていくよ。」あなたは何も質問をしなかったが、ジョンはどこか恥ずかしそうに、それでもたゆみなく話し続けた。「おふくろが筆で書いて誕生日にくれた詩があるんだけれど、日本語だから全然読めない。今度うちに来て読んでくれないか。」

その時、背後でコントラバスのような声がした。目のさめるようなオレンジのランニングシャツを着た大男が立っていた。盛り上がった太股の筋肉が、うるしを塗ったように光っている。

ジョンは「やあ」と気のない返事を返した。「あれはジミー。前の彼氏なんだ」とジョンはあなたの耳元に囁いた。ジミーがふざけてジョンをひょいと持ち上げ肩に担ぎあげてみせ、ジョンは手足をばたばたさせた。ジョンのショートパンツの無防備に開いた口から、真っ白な下着が見えた。

一人、また一人と、ジョギング・クラブのメンバーが集まって来た。二人で手をつないでやって来る男たちもいた。しばらくすると、駐車場の方から大きく手をふりながら、赤毛の小柄な男が近づいてきた。「あれが今の彼氏のトム」とジョンが嬉しそうに言った。「前の彼氏とはずいぶんタイプが違うね。」あなたにそう言われて、ジョンは他人事のように、ははははっと笑った。いつの間にか、まわりに二十人くらいの男たちが集まり、それぞれ勝手に柔軟体操をしていた身体が、一つの大きなリズムに吸い込まれていき、やがて輪になった。あなたは輪の外に一人すわり続け、彼らが走り去って行く背中を見送った。

その日の夕方、ジョンがアーティストハウスにあなたを迎えにきた。真っ白なワイシャツに真っ白なズボン。真っ赤なスポーツカーは磨きあげられていた。「金持ちなのね。」「ちがうよ。貧乏会社に勤めていても、車にだけは金を使うのがこの街の風習なんだ。それで貧乏して一生ローンを払い続けるわけ。それにこの渋滞。いつも渋滞だ。」車は一定のスピードを保ち続け、前を走っている車を追い越そうともしないし、後ろから追い越されることもない。左右を走る車も全く同じスピードを保っているので、隣の車を運転している人の顔がまるで列車で隣り合わせた人のようによく見える。

市内高速を降りると、箱のような家が椰子の並木道に沿って並んでいる。仮に建ててみたようなさりげなさ。屋根がないのでまるで貧富の差がないように見える。アスファルトの道路にはところどころ駐車禁止の赤色が塗ってあるが、禁止を意味するにしてはやさしい赤色で、ちょうど子供が道に絵を描く時に使うチョークの濃い桃色に近い。ジョンの家もそんな箱の一つで、車を降りてドアの前に立つと、ジョンが小さな鍵を出して木のドアの鍵穴にさしこんだ。泥棒の見習いでも簡単に開けられそうだ。なんとなく仮に暮らしているような気楽さ。ジョンの後について中に入る。壁には鉛筆で書き留めたメモや、フロリダの絵葉書がピンで刺してとめてあるが、どれも少しずつ斜めに傾いている。正面の壁に一枚だけまっすぐ掛かっている絵がある。よく見ると、絵ではなく、墨で書かれた字だ。「これが、母からの贈り物。」文字たちは、ひきあげられる網の中でのたうちまわる魚のしっぽのように跳ね乱れ、明らかにあったはずの漢字の記憶をなぞりながら、倒れる前のサーファーのように波頭からずれ落ちて、分かりそうで分からない新造文字へとくるくる変身しながら、行の終わりにはもうあなたにはついていくことのできない海底に向かって沈んでいった。「何て書いてある？」ジョンは首を傾け、さらさらした前髪が目にかかっているせいか、幼稚園児のような顔になっている。あなたは言葉に窮する。「あなたのお母さんは、存在しない漢字の世界まで飛んで行ってしまったらしい」という文章が思い浮かんだが口にしなかった。「これはすごく特殊な書道の文字で、わたしには読めそうもないな。ごめん。」「それじゃあ僕も読めなくて当然だね」とジョンはむしろほっとしたように言った。

土曜の朝、あなたはバスに乗ってみた。朝食の時にディーターから、「この街も普通に地下鉄やバスが発達する過程にあったのに、自動車会社が邪魔して作れなくなったそうだ」と聞いて、それでは意地でもバスに乗らなければならないと思った。バス停という名のかかしは炎天下に孤独に立っていた。屋根もベンチもついていない。もちろん時刻表もないが、一時間待てば必ず一台は来る、と前のスーパーマーケットのレジの人が教えてくれた。平らなスーパーマーケットの屋根は、その向こうにある水平線と重なって見える。二十分ほどすると、小さな子供を三人連れた太った女性がスーパーマーケットから出てきてあなたの隣に立った。さげている袋にはコカコーラの大きな瓶が五本入っていた。五十分してやっとバスが来た。「ダウンタウン？」とあなたが尋ねると、運転手は嬉しそうにうなずいた。運転席の上には、車内で煙草を吸うと五百ドルの罰金です、と書かれた大きなシールが貼ってあり、防犯用ビデオカメラが設置してあった。バスは億劫そうにゆっくりとサンセット・ブルヴァードを昇っていった。バスの中には女が三人、乗っていた。それぞれが派手な渦巻き模様の毛布でぐるぐる巻きにした赤ん坊を抱えている。

丘の中腹に「ハリウッド」という文字が見えた。だからと言って夢の世界が現れるわけではない。なんだか寂し気なハンバーガー屋があり、ガソリンスタンドがあるだけだ。ガソリンスタンドには、真っ赤なスポーツカーが一台とまっている。モップや雑巾を持った日焼けした小柄な五人の男たちが、車体を撫でまわすようにして車を洗っている。この街では、車を洗うのは機械ではなく移民の仕事らしい。箱を並べたようなコンクリートの家々、舞台装置のような椰子の木。バスはもう一時間以上走っているのに、車なら三十分で着くと聞いていたダウンタウンにまだ着かない。あなたはしばらく睡魔に身を任せ、目を覚ますと、高層ビルの群れが目の前に迫っていた。バスが停まって、大きな鞄を抱えた高校生風の男が三人乗ってきて、あなたの前の席にすわった。大きなスーパーマーケットの裏側、その隣には倒産した会社の車庫のようなものがあり、トラックが後ろ向きに二台停まっていた。人気はなく、バス停も見当たらないのに、バスは突然停車した。高校生たちが振り返って、バスの後ろの窓から外を見て、あわてて鞄を抱えて立ちあがった。運転手がドアを開けると、三人の高校生たちは兎のようにバスから飛び出して倉庫のある方へ走り出した。どこからか警官たちが飛び出して来て、何か叫んだ。あなたは銃を見た。三人は鞄を地面に落として、手を挙げた。あなたは目を強くつぶったが、銃声は起こらなかった。

土曜日、パーティーの開かれる家はヴェニスにあった。ヒルデに車に乗せていってほしいと頼むと、すぐに承知してくれた。ヒルデはあなたを送ってから近くで映画でも見て、深夜にまた迎えにきてくれると言う。車が運転できないあなたは、親に送り迎えしてもらう幼稚園児のようだ。

ヴェニスの目的のビルの家に着くと、ヒルデはハンドルから手を離さずに、首だけあなたの方にまわして、「それじゃあ、十一時にまた迎えに来るから」と言って、ゆっくり走り去って行った。

あなたはパーティーのカクテルを手にしたとたん、なぜいっしょにパーティーに居残るようヒルデを説得しなかったのか後悔した。別に親しい者だけの集まりではない。そもそも何のためにあなたはパーティーに来たのか。知り合いの知り合いで一度しか逢ったことのないビルという男から電話で誘われたので出掛けて来たのだが、ビルはあなたに赤ワインのグラスを手渡して、「やあ。この街は気に入った？」と言っただけで、すぐに新しく来た客たちを迎え入れるために行ってしまった。他人の群れがあちらこちらに固まって、不思議なさえずりを交している。メキシコ風の吹き抜けの中庭には、鋭い曲線を描いてサボテンや椰子のような植物が並んでいた。あなたは自分の手の中のワイングラスにつかまるようにして、目の前の人たちから身を引くように、少しずつ中庭の隅の方に後退して行った。さがりすぎて、最後にはサボテンに背中をちくりと刺される。その時、「虫ほど愛すべき存在があろうか」という声がした。サボテンが口をきいたのかと思って驚いてふりかえると、分厚い近眼眼鏡をかけ、腰を屈め、首をひねって、観葉植物の葉を下から見上げて観察している男がいる。唇は厚く、ひげの剃り跡もほとんど見えないような牛乳肌。あなたは自分が話しかけられているのかどうか自信がない。「今は虫に凝っているんです。たとえば、葉の裏側にへばりついている時、虫の脚の裏はどうなっているか知っていますか。」まわりには他に人がいなかったので、あなたはとりあえず自分が話しかけられているのだと思うしかなかった。「理科の先生ですか？」「いえ、自然随筆家ですよ。虫の脚の裏、というのが僕の今書いている本の題名です。」「もうたくさん本を書かれたんですか？」「まだ一冊しか書いていません。」「一冊目の御本の題は？」「かもめの離婚です。」

きっかり二十三時にヒルデが迎えに来た。さっきと顔が違う。告白を終えた後のカトリック教徒か、便秘晴れの中学生のような顔である。「映画に行ったの？」「ううん、ディスコ。」「それで？」「メキシコ人の学生と知り合いになったの。植物の研究をしている人。」「へえ。こちらも昆虫の研究をしている人とずっとしゃべっていたんだけど、偶然ねえ。かもめも離婚するって知ってた？」

高速に乗ると、ヒルデはスペイン語で歌を歌い出した。「母は、わたしが昔のことを訊くとごまかして答えないくせに、関心ないふりしていると、いろいろ話してくれたのよ。若い時にメキシコに旅行した話とか。メキシコの友達の家で、変わったメキシコ人と知り合ったんだって。その人、紙屑でも、空き缶でも、何でもそこにあるものからすぐに人形を作ることができたんだって。それで母はその人と恋愛して、ビザが延ばせなくなるまでメキシコにいたの。それからスイスに帰って子供ができていると分かって驚いた。その子供がわたし。妊娠したって手紙を書くと、父はあわててお金を借り集めてスイスに来たけれど、わたしの生まれる前にまたメキシコに戻ってしまった。」「それからお父さんはまたスイスに来たの？」「父には子供の時、二回逢っただけ。ぼんやり覚えてる。その時の空気の感じとか。カーテンの吊り輪をさわったら、埃がたくさんついていたこととか。多分、抱き上げられたのね。」「お父さんはメキシコのどこに住んでいるの？」「アメリカ国境から遠くないところを転々としているって母が言っていた。それももう数年前のことだけれど。手作りの人形の行商しながら。でも、あたしはまだメキシコには行ったことがないの。」そう言って、ヒルデはまた歌を歌い出した。リズムにつられて、ヒルデが時々意味もなくハンドルをぐいっとまわすので、あなたはひやひやする。幸い、前には車の姿は見えないし、バックミラーにも何も映っていない。対向車も少ない。闇の中からたまに菊の花のようにヘッドライトがあらわれ、また消えて行く。「サンディエゴ」と書かれた看板がライトに照らし出され、恥ずかしげに浮かび上がっては消えた。その時、ずっと前方の道をさっと横切る人影があった。ヒルデは身体をよじらせてブレーキを踏み、その時、夜風の裂けるような音がした。「今の何？」「分からない。」

あなたは急にうなじに疲れを感じ、いつの間にか眠ってしまった。気がつくと、あいかわらずハイウェイを走っている。ヒルデが小声で鼻歌を歌っている。時計を見ると、もう二時間も走っている。ヒルデとあなたが滞在しているアーティストハウスはもうとっくに通り過ぎてしまっているに違いない。あなたはわざと寝ぼけた声で、「今、どこ？」と尋ねた。ヒルデは両手をハンドルから離して上に挙げ、万歳をした。「メキシコ万歳《ビバ・メヒコ》！」「あぶない！」ヒルデはわざと大きな音をたてて急ブレーキを踏んでハンドルに両手を戻した。激しくまばたきするヒルデのまつげが光って星を飛ばす。あなたは両手の指を窓枠にかけて窓ガラスに鼻を押し付け、外の様子を見極めようとする。子供の手を引いて走って逃げる女性が車に轢かれそうになっているところを描いた標識。「ほら見て。あんな交通標識、あったかしら？」ヒルデが答えないので横顔を見ると、涙が一筋頬を流れていくところだった。対向車線では車が渋滞している。遠くに巨大な昆虫のようなものが見える。「あの虫は何かな。ほら、あれ虫でしょう？　ねえ、ここ一体どこなの？」「もうすぐ、わたしたち、メキシコに入るのよ。」

第四章　駐車場

真昼の大型スーパーマーケットの駐車場は、夜のガソリンスタンドの次に寂しい場所だ。長方形に区切られた灰色のアスファルトの平面が、ガラス質の青い空に睨まれて、鬱々と広がっている。

古風なフォードの前であなたが足をとめて振り返ると、少し遅れてついてきたクララが力なく笑った。その顔をふいに襲った光が、彼女の顔に五十代の成熟の皺を浮かび上がらせ、別人のように見せた。さっき、自分の娘が子供の頃に茹でたトウモロコシがとても好きだったという話をしていた時は、小さな子供を持つ母親の顔をしていた。コーヒーの香りにむせそうになる棚の前では、その娘が今ではある大学の助手をしているという話になり、クララの声に弾みが出てきた。エスプレッソを買う。紙ナプキンを買う。蜂蜜を買う。そんなクララにつられて、あなたもワゴンに乳製品やパンを次々と投げ入れていく。ワゴンに入れる時には、何もかも無料であるような気がするから不思議だ。ワゴンは、赤ん坊が三、四人入るくらい大きなもので、いくら商品を投げ込んでも山盛りにはならない。そう思ってレジに並んでみると、前に並んでいる女性のワゴンには商品が山盛りになっていた。娘が去年、アメリカ政府から奨学金をもらったという自慢話をしながら、クララはレジの横で物欲しげに首を伸ばしている機械に丁寧にクレジットカードをくわえさせた。

「娘は夫の前妻の子だから、わたしに似ないで頭がいいのよ、ははは。」

そう言って朗らかに笑うクララにつられて、あなたもつい声を出して笑ってしまった。クララはあなたがいっしょに笑ったことを別に気にする風もなく、レジの人に何か冗談を言った。レジの脇では、アルバイトの高校生が商品を紙袋に詰めてくれていた。賢そうな子供が二人笑っている絵のついたビスケットの箱が見えた。そのビスケットが好きなのかとあなたが尋ねると、クララはそっけなく答えた。「隣の家の犬にやるのよ。わたしが彼女を愛していること、知っているでしょう。」

あなたがクララとこのスーパーマーケットに行くことになったのは、三週間前、ある知人のパーティーの席でのことだった。犬とキスをしたことがあるかという話になったことを覚えている。初めて逢ったばかりの人となぜそんな話をしたのか、あなたは今ではもう思い出せない。しばらく熱心に意見を交わした後、ふいに二人の間に沈黙の穴があいて、あなたはその時ちょうど外の通りから聞こえたクラクションの音に胸を刺され、まるでその痛みから逃れようとするように言った。

「本当に美味しいリンゴジュースがないので困っているんです。」

あなたはそう言ってしまってから戸惑った。美味しいリンゴジュースあるわよ、とクララがすぐに答えた。まるでそう言われることを予想していたかのように平然としていた。

「これからそのジュースを売っている場所に行きましょう。」

二人はパーティーの行なわれていた家をこっそり抜け出して、外に停めてあったクララの車に乗り込んだ。深夜一時過ぎに、知り合ったばかりの人とスーパーにリンゴジュースを買いに出かけるのは初めてだったが、昔これと似たことがあったような気もした。車中の空気は、生暖かかった。あなたは初めてデートに誘われた高校生のように落ち着きなく窓ガラスに映った自分の顔を盗み見ていた。

駐車場はくまなく照らし出されている。車から降りた瞬間、クララの眼がその光を反射して深緑色に光った。それを見てあなたは二秒ほど身体の動きを止めた。

それ以来、毎週火曜日の昼にあなたはクララの家のドアの呼び鈴を鳴らし、彼女の車でいっしょにこの「星市場《スター・マーケット》」という名前の大型スーパーマーケットに買い物に行くことになった。クララは病気のために二年前に退職していたが、ほとんど毎日家庭教師をしているので、昼間暇なのは火曜日だけだということだった。両親が朝から深夜まで働いている家庭に出向いていって、学校の勉強についていけない子供たちに教える。どうして報酬をもらわないのかと訊くと、報酬を払えるような家には教えに行かないから、という答えが返ってきた。

「わたし、そんな善行しそうな顔をしていないから、首かしげているんでしょう?」

あなたは頷きそうになったが、都合よくくしゃみが出たのでそれでごまかした。


火曜日の朝のコーヒーを飲み終わると、あなたはまるで買い物に行くことがその日の一番大切な仕事だとでもいうように丁寧に買い物リストを書いた。書いていると、あっという間に時間がたってしまう。特にめずらしいものを買うわけではない。まずいかもしれないけれどもクララがいつも飲んでいるという脱脂粉乳を買ってみること、アルメニアのパンをまた忘れずに買うこと、もしもポケット世界地図を売っていたら立ち読みしてアルメニアという国がどこにあるのか調べること、絹豆腐は味が気に入らなかったので今度は木綿豆腐にすること、などと、あなたは紙にいちいち書き留めていくのである。そのくせ買い物に行くために家を出る時には、その紙をテーブルの上に置き忘れていってしまう。

二回目には、クララの家に迎えに行く時間が早過ぎたので、すぐ近くのハーバード大学のキャンパスで時間を潰すことになった。あなたは、風格のある樹木の間を抜けて、神殿のように聳えるワイドナー図書館をあおぎ見る。中に入ると、観光客の見学はお断り、と書いてある。あなたは観光客ではないが、図書館の閲覧カードを持っていないという意味では観光客と変わらない。スーパーには誰でも入れるが、図書館には特定の人しか入れない。スーパーではお金のない人は何も買えないが、図書館ではお金を払わなくても貴重な文字を享受することができる。あなたは、大学の正門の方に戻りながら、芝生で遊んでいる数匹の子犬をしばらく見ていた。さすが名門大学だ。子犬の遊び場に使われても、スーパーに行くまでの時間つぶしの場所に使われても、ひがむこともなく平然としている。クララはこの大学で学位を取ったそうだ。パーティーの席にたまたま当時の同級生がいて、学生時代にクララが優秀だったという話をしていた。クララは顔をしかめて、「そんな昔のこと」と小声で打ち消した。

その日は、あなたも脱脂粉乳を買う。色とりどりの牛乳二リットル入りパックの並ぶ冷却棚の前に立った時、クララがアメリカに来たばかりの頃の話が出た。クララはいつも空腹だったと言う。食べる量は増えたのに、何かが足りないのか全身が空腹を訴える。何が足りないのか分らないが、とにかく殻のあるものが食べたい。エスカルゴか、ムール貝か。どれも高くて手が届かない。ある時、ふらっと路線バスに乗って海辺に行ってみると、ロブスターを食べさせる店があった。クララは店のすぐ脇に立って、煙草を吸いながら人を待つふりをしていた。砂浜に並べられた四つのテーブルの一つにすわっていたアベックが席を立った。男性の方はロブスターを半分皿に残していった。クララはウエイターがちょっと姿を消した隙に、客の残した一切れを野良猫のようにかすめ取って食べた。

「それで味は?」

「全然覚えてない。ロブスターを食べたことある? ないの? 食べてみたい?」

娘が十二歳だった頃の思い出話が出るのは、トイレットペーパーのロールが立ち並ぶ棚の前を通る時。娘はプールも好きだったけれども、湖と聞くと目を輝かせた。日曜日にウォールデン湖へ行くことになると、両手を高く挙げて飛び跳ねて喜んだ。湖は家からそれほど遠くはなく、車で行けば一時間で行ける。

「でも、夫は仕事があるからって、一度もいっしょに来たことがなかった。前の日には行くと約束しても、その日になると、ゆうべは仕事が進まなかったから今日仕事するしかない、と言って。」

クララは必ずカリフォルニアワインを三本とベルギーのビールを一ダース買う。夫は、夕方ワインを飲み始めてからが一番よく論文が書けるといつも言っているそうだ。

「あなたはどうなんです？　あなたはいつ論文を書くんです？」

クララはあなたにそう訊かれてまごついて、棚にびっしりと並んだラベルの列から無理矢理引き離した視線をしばらく宙に彷徨わせた。

「わたしは書かないわよ。論文なんて。学問は向いていないの。」

あなたは、それは嘘でしょう、と言おうとしたが、その時、ふいに視界を覆いつくすようにして身体の大きな女性が現れ、その人に、塩はどこにあるかと訊かれたので、訊きそびれてしまった。

酒類を置いているセクションの前には開閉式の格子門が付いていて、深夜や日曜日にはスーパーそのものは開いていても、酒類は買えないようになっている。「ピューリタン」という言葉をあなたが使うと、クララは、自分はカトリックの教育を受けたけれど、カトリック教徒もピューリタンも羨ましがられるような宗教ではない、とそっけなく答えた。

「夫はこのワインが好きなんだけれど、わたしはあまり美味しいとは思わない。今書いている論文は発表されたら話題になるわ、きっと。でも一般的な分野ではないから、話題になると言っても、もちろん関係者の間でだけれど。」

まるで自分の本のことのように話している。

「するときっと他所の大学での講演などが増えて、留守になることも増えますね。アメリカ国内だけでなく、ヨーロッパからも招待されるんでしょう？」

「フランスから招待が来ないといいのだけれど。」

「どうして？」

「ナントに、夫の教え子で、シェイクスピアの研究で有名になったある女性が住んでいるの。二十七歳で書いた本がアメリカ全土で話題になって、それからはいろいろな大学から声がかかっているらしいけれど、アメリカから戻ってからはずっと病気の父親の住んでいるナントで教えてる。夫はフランスに行くと必ずその女のところに寄って泊まってくるから、わたしと娘はいつも冗談で、ほらまたパパが恋人に逢いに行くって言って大笑いするのだけれど。」

「大笑い」と言ったクララの横顔を見ると、額に皺を寄せて厳しい目つきでシャンペンのラベルを読んでいる。

「これ、誕生日のパーティーの時に無理して贅沢して買ったのと同じシャンペンなのに、値段がこんなに安くなっている。どうしてかしら。」

「ものの値段ほど当てにならないものはないでしょう。」

「それでは当てになるのは何？」

あなたはレジでクレジットカードを忘れて来たことに気がついて、現金で払う。カードは手のひらみたいなもので、家に忘れてくることなどありえないはずなのに、と言って、クララが笑う。外に出ると空気が違う。スーパーの中の空気には何千もの臭いが混ざりあってお互いを消してしまった後のうつろさがある。外の空気は、ガソリンの臭いと街の臭いが混ざっている。

クララの後ろから、スーパーのロゴの印刷されたトレーナーを着たアルバイトの高校生二人が、大きな紙袋を腹に抱えてついてくる。クララが車のトランクを開けると、二人は丁寧に紙袋を中に置き、チップを受け取って、スーパーの自動扉の方に戻って行った。一歩ごとに上半身の肉がゆっさゆっさと揺れる。後ろから見ていると、まるでスニーカーの靴底にバネでも入っているような歩き方だった。肉は荷物なのか、それとも肉の中から荷物を運ぶ力が湧き出してくるのか。クララはトランクの蓋を降ろすため左手を揚げて蓋の縁にかけ、その姿勢のまま話し始めた。日本車を買ったことはまだ姑には話していないと言う。姑は、絶対に日本車を買ってはいけないと八十歳過ぎても息子たちに言い渡している。それが舅の遺言だと言うが、クララは、それは多分嘘だろうと思っている。なぜなら、舅は五十年代にすでにこの世を去っていて、当時、日本が車を生産することになるとは誰も思っていなかっただろうからという理由だった。それは、たとえば今の時代に、絶対にアルメニア製の掃除機だけは買ってはいけないと誰かが遺言に書くようなもので、ありえないことだと言う。

「ドイツ車なら買ってもいいんですか？」

「ドイツ車もだめでしょうけれど、何しろ自分の息子がドイツ女と結婚してしまったのだから、いまさら車だけ禁止するのも変でしょう。ドイツ車の話はしたことない。初めからドイツ車を買う気はなかったし。」

「どうしてですか？」

クララはトランクの蓋をなかなか閉めないで、いつまでも話を続ける。あなたは、茶色い紙袋の中からのぞく白濁色のプラスチック容器に視線を落としたまま答えを待っている。駐車場に戻ってから走り出すまでの時間は存在しないに等しい余分で短い時間だ。ところがクララが口を開くと、ないはずの時間がどこまでも膨張していく。

クララはフォルクスワーゲン本社のあるヴォスフスブルグ市の出身で、家庭は豊かだったが、第二次世界大戦で、経営していた店も家も焼けて、戦後、両親は親戚の家に居候しながら、日夜働き詰めだったと言う。

「苦労という言葉の意味が夫には通じないみたい。夫とは同い年だけれど、世代は違うのだという気がする。僕だっていろいろ苦労しているって言うのだけれど、やっていることはみんな自分の出世のため。自分のためにやることは苦労のうちには入らない。」

次の週には、あなたは食材は買わないで、すぐに食べられるものを買う。へなへなのサラダ菜にふてぶてしくマヨネーズのかかったミックス・サラダ。表面が暗く乾いたまぐろのにぎり寿司の詰め合わせ。薄切りにされた黄色いスイカと緑のメロンの詰め合わせ。

駐車場は、ガソリンスタンドの次に寂しい場所だ。そこには、古い看板や郵便ポスト、歌碑など、感傷的な視線を絡ませることのできそうな事物は何もない。乾いた明るいコンクリートに視線は突き戻されて行き場をなくし胸にはねかえってくる。

「初めて訪ねて行った時、姑がレタスのサラダを作ってくれた。サラダにはお砂糖が入っていて、ピンク色のドレッシングがかかっていて、吐きそうになったけれど、我慢して食べた。だいたい、レタスなんていうつまらない野菜を食べるのは、アメリカ人くらいだと思う。あんなもの食べても意味ないでしょう?」

レタスはアジアでも人気があるけれど、と思っても、あなたは口に出しては言わない。

「でも、仕方ないかもしれない。家族は大切だから、中にレタスが好きな変人がいても、あきらめてつき合って行くしかないのかもしれない。」

クララは文房具はスーパーでは買わない。ほらあの醜いボールペンを見て、と遠くから指さして眉をひそめる。一ダース二ドルのボールペンは、痩せ細った自信のない青年たちのように、身を寄せあって並んでいる。クララは万年筆しか使わない。鉛筆が必要な時は、家の近くの小売店でファーバーカステル社のものを買うそうだ。それを使って何か書いているようなのだが、何を書いているのかはあなたに教えてくれない。まだ書いたものを誰にも見せたことがないのだと言う。

「娘は夫に似て、文才があって、小さい時からよく作文をほめられていたけれど、わたしは駄目。」

あなたはクララが自分を貶めて夫や娘を誉めるのを聞いていると、爪先で石でも蹴りたい気分になってくる。ところが、駐車場には石一つ落ちていないので、靴の先でコンクリートをこつこつと打つくらいのことしかできない。


乗ったばかりの車の中というのは、寒すぎるか暑すぎるかどちらかだ。暖房を入れても暖まる頃にはもう目的地に着いている。冷房を入れても汗がとまらないうちに車を降りることになる。逆に、外気をあらためて耐え難く感じるという効果があるだけだ。ケンブリッジの街は車内を一種の生活空間と感じるには小さすぎる。それは隣接するボストンまで足を伸ばしてもたいして変わらない。あなたがハンカチで汗をぬぐって溜め息をつくと、クララは運転席で首をそりかえすように笑った。

「南部に行ったことある？　ない？　車の中も家の中も店の中も冷蔵庫みたいに冷房が効いていて、よほどのことがないと、みんな外に出て外気には触れようとはしない。外気は身体に悪いからって。」

クララは少しも汗をかいていない。むしろ額と目のまわりの肌が乾いてきている。

目の前に幼児の身体くらいの大きさのポテトチップスの袋が並んでいる。こんなに大きな袋を食べきるのには何年くらいかかるのだろうとあなたが冗談まじりに言うと、クララが、わたしは一週間で食べてしまったけれど、と答える。あなたはクララの細い身体をあらためて見る。三十年前に叔母を頼りにアメリカに一人渡って来た時には今よりもっと痩せていたと言う。叔母のところで居候を始めて三カ月したらスナックの食べ過ぎで肥満になっていた。その頃は自分でも気がつかないうちに一日中、スナックの袋を机の上に置いて、手を伸ばして食べていた。

クララは指先で目の前にあるポテトチップスの袋に触れた。袋は無漂白紙でできていて中身は見えない。あなたは、ポテトチップスと言えば、内側に油がついている透明なビニール袋しか記憶になかったので、堀りたてのじゃがいもでも入っていそうなこの袋を意外に感じた。

「叔母はニューヨークの郊外の邸宅に住んでいた。戦後、新聞広告で知り合ったアメリカ人の事業家と結婚したの。毎朝化粧して、フォードで夫を駅まで送っていって。」

「事業家が電車で仕事に行くんですか？」

「マンハッタンに車で行くと、渋滞に巻き込まれる恐れが大きすぎるから。叔母は朝、夫を送り出してしまうと、台所でブランデーをグラスに注いでバルコニーに出た。」

「優雅ですね。」

「優雅？　昼には酔ってもう会話できない状態になっていたけれど、夕方に向かって酔いを覚ますためにミネラルウォーターをがぶ飲みしたり、家のプールに裸で入って泳いだりしていた。結局そのプールで溺れ死んでしまったのだけれど。」

　あなたはクララの話の中にいつものように引き込まれていくが、クララの回想は初めのうちは静かな湖面のように見えても、いつの間にか冷水に肩までつかっていて、足首に海藻がからみついていることに気がつく。海藻に足首を引っ張られる。あなたは溺れそうになると、あわてて目の前の商品のパッケージに意識を引き戻す。脂肪分の少なさを競い合うマーガリンが各種並んでいる隣に、バターはたった一種類しか置いてない。なぜその箱には太陽をあがめるネイティブ・アメリカンの絵がついているのか。いや、あなたはこの時はむしろ、「ネイティブ・アメリカン」という正しい言い方を滑稽に感じた。この箱に描かれているのは、茶色の肌に筋肉を適度に盛り上がらせ、羽飾りを頭につけた絵本の中のインディアンそのものであって、アメリカ市民ではない。それはみんなが勝手に思い描いているインディアンであって、ちょうど中国のお茶のパッケージに印刷してある日本の着物を着たあの女と同じではないのか。

「どうして、バターがインディアンなんですか？」

あなたはクララの叔母の溺死の話をくわしく聞きたくないので、いそいでそんな質問を挟み込む。

「さあね。バターを食べる人間なんてアメリカにはもうあまりいないから、彼らもマイノリティだという意味かもしれない。でもマイノリティは得よ。うちの娘が小学校に通っていた頃、クラスの子で親が移民の子はその国の文化を発表するという授業があったの。たとえば中国人の子たちはミニ京劇の上演をして市から賞をもらったし、インドの子は料理教室を開いてクラスの人気者になったし、チェコの子はチャペックの書いた童話を自分で英語に訳して朗読して、それを聞いていたクラスの先生が涙を流して感激したっていう噂。ところが、うちの子が、あたしの母はドイツ人ですって言ったら、先生は顔をしかめて、ドイツには固有の文化がない、と言ったそうよ。それでうちの子は何も発表できなかった。」

「でも、固有の民族文化を認められるということは、メインな文化の外に位置付けられてしまうということではないんですか。差別ですよ。特別な文化などないということは、アメリカ人として認められたということではないのですか。」

「そう、そうかもしれない。でも……」

話が抽象的になってくると、クララの声はカーテンを開けるようにみるみる明るくなる。スーパーの中では、そんな朗らかさや明るさへの跳躍も可能だったが、駐車場に入ると、クララは必ず影に踏み込むような話し方に変わるのだった。駐車場にはかげがないはずなのに、クララとの会話を思い出してみると、どれも日陰で交わされたものだった。

あなたが話し相手に選ばれた理由も、駐車場に踏み込む度に、そばにいたのがいつもあなただったからだろう。クララは孤独な生活を送っているわけではなく、家族の他にも友達がたくさんいた。五十歳の誕生日には五十人客を招いたと言うし、長年の親友メアリーとはよく長電話しているらしい。


その日のクララは乳製品の棚の前で、誰かにせかされでもするようにして、ヨーグルトをいくつもワゴンに入れていった。

「実は今日はまだ何も食べてないの。ゆうべも生牡蠣三つしか食べてない。」

「どうしてですか?」

「夫と食事の約束をしてレストランで待っていたら、携帯に電話があって、仕事が終わらないからやっぱり行けないって言うの。あんまり腹が立ったんで、ワインを飲んで前菜だけ食べて、映画に行った。たまにそんなことがあったというのなら許せるけれど、ここ数年、いっしょに食事する約束が守られたことなんか一度もなかった。」

駐車場でクララは袋からヨーグルトを二つ出して、そのうち一つをあなたに手渡す。

「車の中で食べましょう。もうお腹がすいて、気が遠くなりそう。」

運転席にすわってから、クララは急にスプーンがないことに気がついた。それから、ヒッピー時代の技術を披露すると言って、アルミでできたヨーグルトの蓋を上手く折り曲げ、指先で押し曲げて、あっという間にスプーンを作り上げた。あなたもできたてのスプーンを受け取って、車の床にこぼさないようにヨーグルトを食べた。食べながら、また姑の話が出た。感謝祭の日にいっしょに食事をしていると、姑に「あらあなた左利きだったの?」と言われたと言う。アメリカ人は、ナイフで食べ物を切ったあと、ナイフを一度テーブルに置いて、フォークを右手に持ちかえて食べる。

「ヨーロッパ人ならナイフは右手、フォークは左手に持ったまま食べることを姑だってまさか知らないわけではないでしょう。それともわざと忘れたのかしら。子供じゃあるまいし、フォークを右手に持ちかえて食べるなんて。たとえアメリカに百年住んだとしても、絶対に真似したくない。」

クララは興奮して、百年などという言葉を口走ったのだろうが、あなたは百年間、ナイフを右手に、フォークを左手に持ったまま、サラダを食べ続けているクララを思い浮かべた。

ヨーグルトを食べ終わると、クララは食べる前よりもお腹が空いてきたので、海岸にロブスターを食べに行こうと言い出した。そして、あなたの答えも待たずに勢い良く車のエンジンをかけた。夕暮れが迫っていた。

「どこの海岸ですか?」

「そうねえ、美味しくて安いところだったら、メイン州に行くしかないでしょう。」

「え、これから他所の州に行くんですか？　もう日が暮れかかっていますよ。」

「日が暮れてもライトがあるから平気よ。石器時代じゃあるまいし。」

あなたはその晩は他に何も予定はなかったが、何か忘れ物をしたのにそれがどうしても思い出せない時のようにそわそわした。いつになく赤い夕焼けが、ダウンタウンのスカイラインの上空を染めあげ、街をむしろ青く見せた。

一時間くらい走っただろうか。クララはそれまでずっと口をきかなかった。横顔は厳しくひきしまって、まるでこれから裁判所へ行く人のように見えた。車を降りると、その表情がやっと和らいだ。薄い絹の上着の前を両手で合わせるようにして歩いて行くクララの髪を海風が撫であげ、あなたはカレンダーの写真のようだと思った。海岸にテラスのあるカフェテリアがあり、「ロブスター、十五ドルより」という看板が出ている。海風に吹かれて、二組のアベックがすわっている。カウンターで、クララは二人分、中くらいの大きさのロブスターを注文した。

ロブスターも、夕日も、舞台の上の作り物のように人工的な赤色をしているのが不思議だった。養殖ではないと言うが、ロボットのような身体にびっしり均一に身がつまっているのもおかしいし、触角もプラスチックでできているとしか思えない。ロブスターは、紙でできた棺桶のような紙皿の中にじっとうずくまっている。あなたは小さなカップに入ってついて来たバターをその背中にかける。バターをかけるの？とクララがからかうように言う。あ、バターを口にするのはマイノリティだったっけ、とあなたは、手にまだ持ったままの容器を空中で支え持ったまま、一度動きを止める。クララがふざけてあなたの手首を握って捻ると、バターが甲殻類の背中にどっとかかった。あなたとクララは中学生のように笑った。

サーフボードをかかえた少年たちの背中で滴の珠が輝いている。クララはハンドバッグから携帯電話を取り出して耳に押し当てた。きょうは外で食べてくるから、あなたも勝手に何か食べて帰ってね、と留守電に早口に吹き込むと、すぐに携帯の蓋を閉めた。それから、あなたは昔、隣の人が飼っていた犬といっしょに小川でザリガニを捕った話をした。クララは負けずに、犬と電話で話したことがある、と言った。ところが、しばらくしてはしゃいでいるように見えた彼女が急に顔をくもらせ、もう帰りましょう、と言い出した。数秒後には、あなたもクララも、ロブスターを半分残して立ち上がった。車の中では他人同士のように口をきかなかった。

街中まで来て赤信号で停まった。「悪いけれど、コーヒーを買うのを忘れたから、スーパーに寄って帰る。すぐ終わるから。その後、家まで送っていくから。」

そう言って、クララは詫びるようにあなたの膝に右手を置いた。

駐車場に入り、悲しい犬の吠え声のような音をたててブレーキをかける。降りた途端に、スケートボードのやかましい音がして、野球帽を後ろ前に被った少年が駐車場にすべりこんできた。クララの顔がぱっと輝いた。ポール！　アスファルトを削り取るような音をたててボードは直角にカーブを切って停止し、少年は帽子のつばの下から、はにかむようにあなたを見た。十二、三歳だろうか。Tシャツが短く、ジーパンをわざとずり下げて履いているので、つやつやした褐色のお腹が見えていた。

「どうしてこんなに遅くまで遊び回っているの？」

「だって、家には誰もいないしさ。宿題は明日あなたといっしょにやればいいもんね。」

クララは少年の肩に得意げに手をかけて、あなたの方を振り返って言った。

「これがポール。わたしの教え子。」

「クララはとても優れた先生だけれど、遅刻が多いのが欠点だな。」

そう言って、ポールは薔薇色の唇の間から隙なく真っ白に並んだ歯を見せて笑った。それから、ボードの端を靴で押して、はねあがってきたボードの逆の端を器用に片手でとらえた。そうして困ったように駐車場に立ちすくんでいる姿が、槍をなくしてしまって、盾だけをかまえた騎士のようにも見えた。

第五章　フロントガラス

二人とも毛糸の帽子を首まで引き下ろして被っているので、顔は見えない。目の位置に小さな菱形の穴を開けている。お揃いの紺のトレーナーはくたびれて、だらんと垂れている。背が高い方は灰色の帽子を覆面にし、背の低い方は青い帽子を覆面にしている。二人とも刃渡り二十センチほどのナイフを構え、ソファーにすわったイサックの前に立っている。バスケットボールの選手のように少し前屈みになっているが、目の前にあるはずのボールは見えない。

おい、と言われて、イサックは読んでいた『ニューヨーク・タイムズ』を膝に下ろし、老眼鏡越しに侵入者を見た。その時ちょうど奥からティーポットとカップをのせたお盆を持って、ユーディットが居間に入ってきた。敷居のところで足を止め、激しくまばたきした。それからこぼさないように注意深くお盆をサイドテーブルに置いた。青い覆面の中から、「金を出せ」

とぐもった声が聞こえた。イサックは新聞をゆっくりとたたんでサイドテーブルの上に置いた。

「金はタンスの中にあるはずだ。ユーディット、取ってきてあげなさい。でも現金は二十ドルしかないはずだ。」

イサックのしわがれた声はおちついていた。ユーディットが今出て来たドアの向こうへ引っ込もうとすると、青い覆面の男が「待て」と言って、イサックに二歩近づき、鼻先に刃先を向けた。

「現金五千ドルと銀行のカードを全部出せ。」

「現金はすべて向こうにある。でも本当に二十ドルしかないよ。カードも同じところにあるはずだ。」

青い覆面の男が顎で灰色の覆面の男に合図した。灰色の覆面の男は、ユーディットの背中をナイフで追うようにして奥に消えた。台所の向こうは彼女の書斎になっていて、大きなガラス窓の外は、紅葉した白樺の黄色に覆われていた。窓から見えるのは樹木だけなので、深い森の中にでもいるように思えるが、時々遠くはないところをモーターの音が通り過ぎる。三方の壁には天井まで書物がびっしり並んでいた。灰色の覆面の男の目は書物に囲まれると落ち着きを失った。刃先だけはユーディットの方を向いているが、身体は向きを決めかねて、目はきょろきょろ部屋を見回していた。どちらを見ても背表紙に書かれた文字ばかりで逃げ場がない。引き出しをあけているユーディットの手は少しも震えていない。まるで書物に囲まれたとたんにこの世に怖いものなどなくなってしまったかのようだった。財布を引き出しから出して振り返るなり、覆面の二つの穴を正面から睨んで、「現金はこれだけです」と言って財布を男の足下に投げつけた。男は腰をかがめて財布を拾って開けてみた。中には二十ドル札が一枚と、一握りの硬貨が入っているだけだった。男はうろたえを隠すように思いきり財布を床に投げつけ、ナイフを二、三度、左右に激しく振って、「馬鹿にするな」と叫んだ。それから妙に大きなサイズのスニーカーで三歩前に踏み出したが、ユーディットは後退りしなかった。

「馬鹿ね。ないものはないのよ。あんたレッドヒル高校の生徒じゃないの？」

覆面の下で呼吸が乱れたかと思うと、光る刃がひゅうっと吸い付けられるようにユーディットに飛びかかっていった。刺した。白い絹のブラウス。花模様。ユーディットは機械のような鋭い高い声で悲鳴を上げ、それを聞いて覆面の男の全身が痙攣した。おろおろとナイフを引き抜き、噴き出してきた紅色から目を逸らし、逃げようとした。が、出口で、悲鳴を聞いて隣の居間から駆けつけたイサックにぶつかった。後から青色の覆面の男がそのあとを追ってきた。イサックは、床に投げ出されるように倒れたユーディットを見ると、ふりかえり、青い覆面の男に正面から襲いかかっていった。男はナイフを目の前でめちゃくちゃにふりまわした。イサックは手のひらを切られ、血が飛び散っても気にもしないで、半目をつぶったままがむしゃらにつかみかかっていき、ついに相手の胸倉をつかんで床に押し倒した。後頭部がごんと床に当たった。青い覆面の男はさっきユーディットがあげたのとそっくりの叫び声をあげ、それを聞いた灰色の覆面はあわててイサックに後ろから覆い被さって、後頭部の髪の毛を後ろから鷲掴みにして引き上げると、耳の斜め下に不器用にナイフを突きたてた。その時、外で犬の遠吠えが聞こえた。遠くから聞こえているのに、変になまなましく近かった。それから、エンジンの音が聞こえてきた。車が一台、敷地に入ってきたようだった。覆面の二人は顔を見合わせて書斎を出て、玄関口に向かった。途中、青い覆面の男は床に落ちている小さな財布に気がついて、かがんで拾ってポケットに入れた。

吹雪が強くなり、今にも折れそうなワイパーはフロントガラスに積もり固まる重い雪をうまく払いのけられなくなってきていた。

「このワイパー、古いから、そのうちに修理してもらわないと。」

運転していて前がほとんど見えないというのに、イリットは落ち着いてそんなことを言う。あなたは指の爪を噛んだ。

「目隠しして車を運転するようなものですね。ガードレールにぶつかったりしないでしょうか。」

「ぶつかったら、手応えがあるから気が付くでしょう。」

「ゲームセンターにそういうゲームがありますね。まわりの建物にぶつかって壊しながら走っていく。」

あなたは轢かれることより轢いてしまうことが怖い。どんなにがむしゃらに走っても、車に乗っていなければ周りの世界はほとんど壊れない。よろめけば、花壇が乱れ、ナメクジやミミズが潰れることとくらいはあるかもしれないが、壁を破ることも、鉄の柵を曲げることもできない。それが車に乗ったとたんに二秒意識を失っただけで人を殺すこともある。

やがて吹雪は止んで、車内のぬくもりが伝わっていくのか、フロントガラスの雪と氷が溶けてガラスは澄みわたり、雪山の絵はがきのような景色が現れた。イリットは山道の脇に車を停めてドアを開け、煙草に火をつけた。冷たい風が一気に吹き込んできた。これから訪ねるユーディットという女性は、イリットの昔の同僚で、あなたはまだ逢ったことがなかった。イリットに言わせると、ユーディットは、「手に入れたいものは何でも手に入れる女」だそうだ。

「それに比べてわたしはまた失業しているし、家族はばらばら、猫は迷子になるし、近眼矯正の手術もあんなにお金をかけたのに少しも見えるようにならない。」

イリットはそんな愚痴をこぼしながらも、目を細めて美味しそうに冬の空気を煙草の煙といっしょに吸い込んだ。

ユーディットとイサックの住んでいる家は、なだらかな傾斜を川に沿って少し登って行ったところにあった。樹木に囲まれた大きな木造一階建てで、別荘のような家だ。門から入り口まで雪に足をとられながら、五十メートルほど歩いた。ドアには鍵がかかっていなかった。玄関には雪靴やスキーがたくさん立てかけてある。ユーディットとイサックの名をイリットが三度大声で呼んだが、返事はなかった。

「勝手に入って待っていましょう。買い物にでも出たのかもしれないし。」

そう言うイリットのあとについて、あなたは雪にまみれた靴を脱いで、靴下で家にあがった。家の中は暖房がよく効いていて、床も冷たくない。居間に一歩踏み込んだイリットが急に足を止めたので、あなたはその背中にぶつかってしまった。

「イサック、いたの。どうして返事してくれないの？」

顔の前に仮面のように広げた新聞がゆっくりと下ろされ、白髪の男の顔が現れた。

「おや、イリット、来てたのか。」

「名前を玄関で呼んだのに、返事してくれないのだもの。」

イサックは苦笑した。

「ユーディットは買い物に出かけたの？」

「いや、書斎にいるはずだよ。」

イリットは居間の奥に入っていった。あなたはイサックと目があったので、慌てて自己紹介した。イサックは、そんなにかしこまらなくても、この家では誰でも大歓迎なのだから、という風に手を軽く振ってみせた。

奥から、ユーディットとイリットが噴水の水をはね散らすようにはしゃいで挨拶を交わす声が聞こえた。やがて二人は居間に入ってきた。

「最近、眠りもしないで仕事しているんでしょう。そんなに目を赤くして仕事して、いったいどうするの？」

「来月から一年間、イスラエルだから、その前にやっておかなければならないことがまだ山のようにあるの。」

「うらやましいわね。研究費たっぷりもらって行くんでしょう。」

「まさか。経済的に見たら行かない方がいいくらいよ。でもイスラエルに一年でもいいから住むのがわたしたちの長年の夢だったから、これ以上、年をとらないうちに実現させておかないと。」

「さっき、玄関のところで名前を呼んだのに、どうして答えてくれなかったの？」

「このごろ、耳が良く聞こえないのよ。」

「せっかく都会を逃れて静かな環境に移り住んでも、耳が遠いのでは意味ないわね。」

「それでも、うるさい客が来ている時には耳が遠い方が便利なのよ。」

「あたしは無口なんですけれどね。」

ユーディットは家の中を案内してくれた。暖炉のある部屋が二つ、寝室が三つ、大きな書斎が二つ、台所は食堂とカウンターで繋がっていた。どの部屋も整然と片付いて静まりかえっていたが、最後にもどってきた玄関だけが騒がしい雰囲気をかもし出していた。色とりどりの長靴やジャケット、手袋、帽子、スキー用具などのせいだろう。

「ついおとといまで孫が二人来ていたの。二人ともクロスカントリーが好きで。今週はニューヨークに遊びに行っているわ。」

「玄関の鍵、しめないの？」

「夜はしめるけれど、昼間は人も通らないし。時々、飲み物の配達の人と、暖炉の薪の配達人が来るくらいかな。わたしたちが留守でも家に勝手に中に入って置いていってくれるから便利よ。」

ユーディットに誘われて応接間に入ると、暖炉の火が透き通るような橙色に燃えていた。炎の上では、ヘルメット型の鉄の鍋が湯気をあげている。

「ラムのスープを煮込んでいるの。孫たちは羊が可愛そうだからって絶対食べないから、いっしょに食べてくれるあなたたちの来るのを待っていたのよ。」

「今の子はみんな菜食主義者だからね。」

暖炉の側では大きな茶色い犬が身体をまるめて寝ていた。イリットがスープの鍋を持ち上げると、犬は垂れた両耳を少し持ち上げたが、目はつぶったままだった。

「その犬、羊肉は食べないんですか？」

「食べるけれど、熱いものは嫌い。」

「名前は何て言うんですか？」

「シュトローミアン。」

あなたはその名前がとても気に入ったけれども、初めて聞く名前なので、いつまで覚えていられるか不安だった。スープを食べ終わると、ヘラジカ山という名前の山の麓で山スキーをすることになった。あなたはこれまで一度しか山スキーをしたことがないので、少しでも傾斜があると上手く登れないで、足首を引っ張られるように、一歩ずつずり落ちてしまう。イサックは家の中では億劫そうにゆっくり身体を動かしていたくせに、スキーになると急に動きが軽やかになった。スキー用具を付けているというより、手足の長い別の生物になったように見えた。

「わたしもそんな風に優雅に滑れるようになりたいです。」

「優雅？　戦争中に、雪のアルプスをスイスまで逃げた時にたっぷり練習させてもらったから。」

イサックがそう言って目だけで笑った。あなたは自分自身の息が白いかたまりになって宙に浮いているのを見た。汗がこめかみを流れ、しっとり湿った冷たい空気が心地よい。やがて、目の前になだらかな下り坂が現れた。

「坂はなだらかだけれど、下りは気をつけてね。去年、息子が油断して滑っていて、ちょうどその木にぶつかって、足の親指の先を折ったの。足の親指なんてどうでもいいと思うでしょう？　でも、親指がなかったら、何もできないのよ。売り上げが急に落ちて、会社はすぐ首になったし、夫婦仲まで危なくなって、離婚。そのショックで病気になって今度は入院よ。すべて親指だけが原因で。」

「助けはどうやって呼んだの？」

「携帯電話で。でも、助けが来るまで二時間かかったわ。待っている間に日が暮れなくてよかった。」

あなたは真っ白くなだらかで無表情な下り坂を見おろして、ぞっとする。話を変えたくなって、思わず聞いてしまう。

「カナダ国境は近いんですか？」

「歩いては行けないわよ。」

「ヘラジカを見たことがありますか？」

ユーディットとイサックが声を揃えて笑った。

「ないわよ。」

「見た人がいなくてもヘラジカ山と言うのですか？」

「そう。だって、ヘラジカが住んでいるのよ。姿は見せなくても住んでいるのよ。」

夜、あなたとイリットはそれぞれ別々の寝室を与えられ、あなたは一人ダブルベッドに横になった。カーテンはなく、外は森のように斑のある闇に塗りつぶされていた。ベッドのバネが古いので、寝返りを打つと、きしきしと音がする。いつの間にか眠ってしまった。深夜、バネのきしむ音で目が覚めた。隣に重いものが乗ってこようとしている。闇をかきわけるようにして目を凝らすと、犬が前脚をベッドに乗せて、あなたを見下ろしている。昼間、暖炉の側で寝ていた犬だった。名前を思い出そうとしたが、思い出せない。名前は、と訊ねると答えずに鼻を舐めようとするので顔をそむけて、犬に背中を向けて寝た。またベッドがきしむ。犬はどうやら後脚もベッドに乗せることに成功し、そのままどしんと腰をおろしたようだった。あなたが首だけねじって見ると、犬はすでに前脚をぐっと伸ばして、その上に顎を乗せ、目を閉じていた。諦めてあなたも目を閉じた。ところが、犬はそれでもまだ満足できないのか、しばらくすると、もぞもぞし始めた。どうやら脇腹を下にして、まるくなって寝るつもりらしい。まるくなるには、今以上に場所が必要なのだろう。背中であなたをぐいぐい押してくる。あなたは腹に力を入れて、押されまいとする。忘れかけた頃に、犬がまたぐっと押してくる。そのうち眠りに入りかけて身体が軽くなっていたあなたは簡単に押されて、ベッドの隅に押しやられてしまった。

翌朝、あなたが朝食のテーブルでその話をすると、大笑いになった。

「わたしたちイスラエルに一年間行くでしょう？　その間、この犬、近所の人に預かってもらわないとならないのだけれど、早めに慣れた方がいいから、来週から預かってもらうことにしたの。もし問題があったら、わたしたちのいる間に解決できた方がいいし。」

「それは犬も寂しいでしょう。もう年なんでしょう。」

「老い耄れて見えるでしょう。でも、若くても老けて見える種類なのよ。おとなしそうに見えるけれど、番犬だから、あたしたちの命令一つで誰にでも襲いかかっていく。この犬に飛びつかれたら、どんな強盗だってかなわない。寂しいところに住んでいるから、一応番犬くらいは飼っておいた方がいいかと思って、訓練を受けさせたのよ。」

「わたしは機械がきらいでね、セキュリティシステムとやらも、解説書読んだだけで頭痛がしてくる。自分で自分の家に入るのに八桁の番号を押したり、コンピューターの出す質問に答えたりしないとドアが開かないんだから。それに比べると犬は利口だね。においだけで誰なのか分かるのだから。」

そう言って、イサックが目を細めて笑った。

「どうして犬のように優れたコンピューターが作れないのかしら。」


それから二週間後、あなたは一人、ボストン南駅のバス・ターミナルで、新聞を読みながらバスを待っていた。ガソリンのにおいがたちこめて臭くて、頭痛がしていた。まずいサンドイッチを食べながら新聞を広げると、殺人事件のニュースが小さく載っていた。小さな記事なのになぜそこに目が行ったのか分からない。夫婦が家の中でナイフで刺されて死亡していたと書いてある。あとで警察が捜すと、近くの森の中にナイフが埋めてあるのが見つかり、それがインターネットで販売されていた品物だということが分かった。ナイフを注文したのはそこから三マイルほど離れたところに住む高校生二人で、一カ月前から登校していなかったが、そのことには親も教師も気がついていなかった。本人たちは大金を手に入れたいと思ってやったと供述している。大金で何を買うのかはまだ決めていなかったが、とにかく大金が欲しかった。結局手に入ったのは二十ドルだった。人を殺す気は全くなかったと言う。

第六章　きつねの森

　蒸し暑い夕暮れだった。あなたは冷房の涼しさを求めて、角のパブに足を入れた。住宅地の中に埋もれた目立たない箱形のコンクリートの建物で、看板文字の橙色が面白い具合にかすれていなかったら、あなたの目にとまることもなかっただろう。ドアの把手が無気味なほど生暖かかった。ドアを開けたとたんに冷房で冷やされた空気と客たちのざわめきがどっと流れ出してきた。中はそれほど混んでいるわけではなかった。同じ色のジーパンをはいた男女が数人、止まり木に尻をのせてジョッキを傾け、誰も煙草を吸っていないというのに煙たい空気の中で時々咳をしながら冗談を飛ばしあっている。奥には丸いテーブルがいくつか置いてあって、客が三、四人ずつすわって飲んでいる。背中をまるめた顎のとがった一人の男を除いては、みんな椅子の背にゆったりともたれ、お腹を突き出し、脚を組んでいる。どの顔も心配事などなさそうに見える。あなたはひとつだけまだ空いているテーブルを見つけて席を取り、あたりを見回し、店の一角が舞台になっていることに初めて気がついた。マイクのスタンドやアンプが雑然と置かれている中で、床に膝をついてコードをガムテープで固定している青年がいる。舞台の背景の壁を覆いつくすようにして巨大な国旗が掛けてあった。もしも長年見慣れた行きつけのケーキ屋の包み紙に戦場でふいに出くわしたら、この時と同じくらいぎょっとするかもしれない。群青色の空にちりばめられた戦火、幾筋にも流れる赤い河。こんなところに巨大な国旗が掛かっていることをみんな不思議に思わないんだろうか。客たちはおしゃべりに夢中で、旗のことなど気にもとめていないようだった。

海苔のように黒くて真っすぐな髪を長く垂らした女性がアルトサックスを手に舞台に現れた。アンプの側にしゃがんでガムテープを固定していた男は顔をあげると、「ハーイ、ジョイ」と挨拶した。ジョイと呼ばれた女はくわえかけたサックスのマウスピースを一度口から離してうなずいてみせた。それからサックスを象の鼻のように真正面にかまえ、走り出そうとするオートバイのエンジンのような音を出した。

舞台には小柄でうつむきがちの男たちが三人現れて、ジョイを囲むようにしてそれぞれの位置についた。三人は兄弟なのかもしれなかった。ドラムの男がぱらぱらと試し打ちし、ベースとヴァイオリンの二人が同時にチューニングをやめて顔を見合わせると、ジョイはマイクをソフトクリームのように握っておいしそうに挨拶し、サックスを吹き、バンドの音がそこに加わって、サックスの旋律が力強い波を形作って聞き手の耳を乗せたかと思った途端に、ジョイはサックスを口から引き離して、しゃべるように歌い始めた。かすかにかすれた声で、息は太かった。あなたは誰も飲み物の注文を聞きに来なかったことを思い出した。口の中が熱く乾いていた。

あなたのすわっていたテーブルには結局ほかには人が来ず、椅子が四つ空いていた。最初のステージが終わるとジョイが舞台から降りて近づいてきて、隣にすわってもいいかと聞く。あなたがうなずくと、ジョイに呼ばれて他の三人のミュージシャンたちも来てすわった。男たちは愛想のない表情でオレンジジュースを注文した。ジョイがあなたを見て、「わたしたちの種族はアルコールは飲まないのよ」と言った。あなたは「種族」という言葉を聞いて、居心地の悪さを感じた。ジョイはあなたに対して長年の知り合いのようにふるまった。あなたが何も尋ねていないのに、この店のオーナーは金持ちのくせにケチで暖房が壊れたままなので冬は店を閉めてしまうのだとか、常連にジョンソンという名前の作家がいて彼の書く小説にはこの店が必ず出てくるのだとか、この店は去年の夏に放火されて、国旗で隠された壁はまだ真っ黒焦げなのだとか教えてくれた。あなたがジョイはいったい何歳くらいなのだろうと考えた瞬間、ジョイが訊かれもしないのに唐突に「わたし、もう孫が二人いるの」と言った。ジョイには相手の考えていることを見透す能力があるのかもしれない。驚いたあなたの顔を楽しむように目を細めながら、「わたしたちの種族の女は、みんな若いうちに子供を産むのよ」と言った。

第二ステージが終わると、帰っていく客がドアを開ける度に生暖かい外気が店の中に流れ込んで来た。ジョイと男たちは楽器を片付け始めた。ジョイはあなたの隣に立って、長い紐のついた柔らかい布をサックスのマウスピースに何度も通して唾液を拭き取っていた。あなたは沈黙をもてあまして、「この街に住んでいるの?」とか「あなたの種族は何と言う名前なの?」とか「きょうだいは?」などと質問してみた。ジョイは何を聞かれても楽しそうに答え、サックスをケースにしまいながら、

「わたしたちの種族のことをもっと知りたいなら、コネチカットの保護地域を見に来ない?」

と誘ってきた。

「親戚のジュリアが用事があって明日、車できつねの森に行くそうだから、いっしょに乗せていってもらえばいい。」

そう言われた途端に、あなたはもう車に乗って森の中を走っているような錯覚に襲われた。それにしても保護地域という言葉の意味が分からなかった。「きつねの森」というのだから、狐を保護しているのだろうか。

「あしたの朝、あなたのモーテルに迎えに行くように言っておくから。」

店の中にはまだ数人、ジョッキから手を離す決心のつかない男女が残っていた。ジョイはその客たちをまるで家具のように無視して、あなたの目をまっすぐに見て、丁寧な発音で話し続けた。

翌朝九時に約束どおりにジュリアという名前の女性があなたを迎えに来た。ジュリアは自分の親戚だとジョイは言っていたが、二人の外見は似ても似つかない。ジュリアは金色の巻き毛に縁取られたふっくらした顔をしていて、胸と臀部は豊かで、雪だるまのように愛嬌があり信頼できそうに見える。車に乗るときつい香水の香りが鼻をついた。あなたがシートベルトを締め終わって襟を直していると、「それでは出発しましょうか」と言ってあなたを見た。その瞳はガス・コンロの炎を思わせる青色をしていた。こんなに似ていなくてもやはりジョイの親戚なのだろうか。

「わたしたちの親戚はほとんどみんなきつねの森に住んでいるの。ジョイのように仕事で都会を旅してまわる人はむしろ例外。」

「きつねの森には仕事があるんですか？」

とあなたが訊くと、ジュリアは驚いたようにあなたの顔を見て答えた。

「大きなカジノがあって、そこの収入が入ってくるのよ。そういう国の政策だから。」

道路はカーブを重ねながら、森林の緑に吸い込まれていった。ジュリアはハンドルから胸をできるだけ離して、腕を伸ばし、カーブの来る度に楽しげに上半身を傾けてハンドルを切っていた。やがて樹木の柱の間から、遠くに大きな城が見え始めた。子供用の誕生日のケーキのようにピンクやグリーンに塗ってある。やがてカジノの看板が現れ、ジュリアはスピードを落として、少し前屈みになり、あたりを注意深く見回しながら駐車場に入っていった。まるで誰かを轢いてしまうことを心配しているように見えたが、あたりには人影ひとつ見当たらなかった。

「これがわたしたちのカジノよ。」

宮殿のような入り口にはズボンの折り目のくっきりした赤い制服を着た門番が二人立っていた。あなたとジュリアは肩を並べて中に入った。するとジョイのバンドのベーシストそっくりの男が前方から歩いてきて、ジュリアに向かって頷いてみせた。向こうの部屋からスロット・マシンのがらがらという音が聞こえてきた。歓楽客たちの背中、スロット・マシンの中を駆け降りて回るどぎつい赤や黄色の果物の絵、巨大なハンバーガー食べ放題のポスター、ドアで仕切られた小部屋、人の輪に囲まれたルーレット台。小柄な女性が、赤いじゅうたんの上を掃除機で丁寧に何度も往復している。

「あなたはギャンブルはやらないんでしょう?」

「どうして分かるんですか?」

「スロット・マシンにもルーレットの球にも見向きもしないで、客や従業員の顔ばかり見ているから。」

「あなたはここのマネージャーをしているんですか?」

「いいえ。それと似たようなことを頼まれてやっていたこともあったけれど、ジャーナリストとして独立したいから、やめたの。」

「カジノとあなたの関係がまだよく分からないんですけれど。」

「わたしたちネイティブ・アメリカンにカジノ経営の利益が入るようになっているの。」

聞き間違いではない。ジュリアは「わたしたちネイティブ・アメリカン」と言った。インディアンという言い方を非差別語に言い換えたのがネイティブ・アメリカンという言い方なのだと聞いていたが、それだけではないのかもしれない。北ヨーロッパ人にしか見えないこの女性に、どうしてあなたがネイティブ・アメリカンなのですか、と訊いてみたかったが、何かとんでもない誤解をしていることが分かったら恥ずかしいと思うとなかなか言い出せない。

「博物館の方に案内するわ。」

カジノの側にもうひとつ、こちらは地味な建物が建っていた。入ると、正面に高さ二メートル、幅四メートルほどもある大きな写真が飾ってあり、五十人ほどの男女が写っている。写真の下には、大きな文字で「われらが一族」と書いてある。あなたは写真に吸い寄せられるように近づいていった。そのまま進んだら、写真の中に入りこんでしまったかもしれない。写っている人たちの顔がはっきり見えだした。頬の豊かな、目の細い、三つ編みの女は、あるモンゴル映画の主人公そっくりだった。マイルス・デイヴィスを思い出させるような顔の男も立っている。ジュリアそっくりの金髪の女性もいる。本人かもしれない。とにかく、誰も誰にも似ていない。一族の写真ではなく、どこかの国際会議の参加者を撮ったグループ写真のように見えた。あなたの斜め後ろに立っていたジュリアが嬉しそうにささやいた。

「これがわたしたちの大家族よ。いろいろな結婚があったおかげで、顔もバラエティーに富んでいるでしょう。八分の一までインディアンの血が入っていれば、自分はネイティブ・アメリカンだと自称する権利があるのよ。」

ネイティブというのはこういうことだったのか、と感慨深く、あなたは写真の個々の顔を指でたどりながら、一人ずつ確認していきたい思いだった。八分の一というのはどのくらいの量なのか。あなたは自分の曾祖母、曾祖父がどんな人だったのかなど知らない。あなたの生活には、そこまで遡って考える機会はなかった。祖父母はどんな人だったか、などと訊かれたことは一度もない。だが、ジュリアは世代から世代へその八分の一の何かを運び、自分の血管の中にその何かに八分の一の場所を与え、それに名前を与えて生きているらしい。でも、何のために、とあなたは声には出さずに自問し、立ち止まってしまう。「中へ入りましょう」とジュリアにせかされなかったら、いつまでもそこに立ちつくしていたかもしれない。

展示室の中は薄暗かった。分厚い木の葉が太陽の光を遮っているような照明仕立てだが、よく見ると木の葉は厚いビニールでできていて、いわゆる太陽の光も、実際は蛍光灯だった。カセットレコーダーからフクロウの声が聞こえてくる。人造ジャングルの中で、贅肉など少しも付いていない褐色の半裸の男たちの人形が、槍を振りかざして狩りをしている。肌は蛍光灯の光を浴びて輝き、その輝きはプラスチックでできていることを隠そうともしない。小麦色の肌の半裸の男たちは長く伸ばした黒髪を刺繍をほどこしたはちまきでまとめ、厳しい目つきで前方を睨んでいる。頭に鳥の羽飾りを付けている男もいる。中央の舞台には白い布でできたテントが張られている。その隣には焚火があって、セルロイドで炎が作ってあり、鍋がかけてあるが、鍋からは湯気など少しもあがっていない。ジョイそっくりの女が地面にすわって粉を挽いている。真っ裸の幼児が女の肩に手をかけて立っている。剝製の鹿が藪の間から人間たちの様子をうかがっている。絵本にでてくるインディアンたちはいつもこんな風だ。入り口に飾ってあった写真の中のインディアンと、このインディアンと、いったいどちらが本物のインディアンなのだろう。一方は写真、もう一方は人形。人形たちの頭上には、「自然と一体になって暮らす」というモットーがかかげてあった。幼児が一人よちよちと、吸い込まれるように人形に駆け寄っていって、頭の羽飾りをじっと見ていた。子供は鳥の羽に何か感じるところがあるのか。子供の背中を追い掛けるようにして母親らしき女性が、「ほら、これがネイティブ・アメリカンの生活よ。彼らは自然を尊重して、お互いに助け合って生きているのよ」と言った。

しばらくしてあなたがはっと我にかえると、展示室の中にはいつの間にか新しく何組か家族が入っていたが、ジュリアの姿は見えない。あなたは森の中で迷子になった都会人のようにあわてて、人形たちの舞台の間をさまよい、ジュリアを探した。いくら捜しても見つからないので仕方なく展示室を出ると、ロビーに「喫茶室」という看板が出ていた。もしやと思って覗いてみた。案の定、ジュリアがカウンターにもたれて煙草の煙を吐き出しながら、金色の飲み物の入ったグラスを傾けていた。ジュリアの顔はさっきとは微妙に変わっていた。あなたを見るとだるそうに片手を挙げてみせた。

「わるいけれど、酔ってしまったから、今日は一人でバスで帰ってね。」

ジュリアにそう言われて、あなたはむっとして、

「ジョイがきのう、彼女の一族はお酒は飲まないって言っていたんですけれど」

と刺すと、

「あたしはどうせ八分の一しか血がはいっていないから。あとはバルト海の海賊の飲み助の血よ」

と言って、すぱすぱと煙を吐いた。それから、手の中のグラスをあなたの目の前につきだし、

「飲んでみて」

とひどく真面目な顔で勧めた。あなたはおそるおそる黄金の液体を口に入れた。それは、リンゴジュースだった。

第七章　マナティ

あなたがホテルの階段を降りていくと、落ちてもいない石を爪先で蹴るように足を動かしながら、つまらなそうに立っている男が見えたので、あれがアレクサンダーに違いないと思った。「急に新しい患者が来ることになって、あたしは明日は行けなくなったけれど、アレクサンダーが代わりに案内するから。彼はあたしよりずっと運転がうまいし」とゆうべホテルにアリスから電話があった時には、そのアレクサンダーが何者なのか訊くのを忘れた。アリスの恋人かもしれないし、弟かもしれないし、弟子のようなものかもしれない。

男はあなたを見て礼儀上、微笑のようなものを浮かべたが、肩から爪先にかけて、できればそこにいたくないという信号を発し続けていた。そんなに行きたくないなら行かなくてもいいです、とあなたは叫びそうになった。アレクサンダーは口だけは、「お逢いできて嬉しいです」

と言ったが、あなたは不愉快なので何も答えなかった。この人にはアリスの頼み事を断れない事情が何かあって、嫌々来たに違いない、と思った。

あなたはそれほど行きたいわけではなかった。おとといの夜、アリスの誕生パーティーが盛り上がったところで、旅行者であるあなたは、みんなに「わたしたちの国で何が見たい、何が見たい」と囃されて、誰かの「まさかカウボーイが見たいなんて言わないでね」という冗談を受けて、「そうね。カウボーイの正反対のものを見たい」と答えてしまった。カウボーイの正反対とは果たして何だという議論でその場は盛り上がった。アリスが、「やっぱりマナティじゃないかしら」と言うと、どっと笑いが起こり、「やっぱり精神分析医は言うことが違うわね」などと野次が入ったものの、満場一致で、あなたはアリスに連れられてマナティを見に行くことに決まった。正直言うと、マナティというのがどういうものなのかあなたは知らなかったが、訊くタイミングを逃してしまった。とにかくカウボーイの正反対の何かなのだと自分を納得させた。その時はアリスといっしょにドライブするなら、たとえマナティがどんなものであっても楽しいだろうと思って承知したのだが、今この知らない男と二人で車に乗って、マナティなるものを見に遠くまで出かける気にはなれなかった。もしこの男がどうしてもそれをあなたに見せたいと言うなら付き合ってもいいが、いかにも行きたくないという感じが全身から溢れている。いったいどういう理由でこの人はアリスの頼みを断れなかったのだろう。アリスに借金でもあるんだろうか。それとも浮気の秘密を握られているんだろうか。どう見ても恋愛している雰囲気ではない。あなたは「今日はお腹が痛いから行きたくない」と言おうと思いついたが、速脚のアレクサンダーはもうホテルのガラス扉を出て車の方に急いでいた。

小さな車の中は、昨日あるいはおとつい誰かが吸っていたと思われる煙草の煙のにおいがひんやりとしみついていて、床にはコーラのペットボトルがいくつかころがっていた。後ろの席には映画の雑誌が二、三冊投げ出してある。あなたはできれば後ろの座席にすわってひとり列車に乗っている気分になりたいと思ったが、タクシーの客ではないのだから、それはあまりにも失礼だろう。やはり前に乗って何か会話を試みるしかない。ところが、何を訊いても会話は始まらない。「もう長くフロリダ州に住んでいるの?」と訊ねても、「いや、来たばかり」と答えるだけ。「前住んでいたところと比べてどう?」と訊いても、「ここの方が少しましかな」と答えるだけ。気を使って「どこから来たの」とは訊かなかったのだから、自分の方から教えてくれてもいいのにもったいぶって、とあなたは恨めしく思う。後ろの座席に投げ出してある雑誌を見て、「映画関係の仕事をしているの？」と訊いても、「していない」と答えるだけ。あなたのことが嫌でならないのかもしれない。あなたもアレクサンダーが嫌でならない。何が嫌なのか分からない。肌が青白いこと、痩せていること、髪の毛の短いこと、どれも理由にならない。あなたを否定する何かがアレクサンダーの肩のあたりから絶えず発されている。それだけのことだ。狭い車内にこの人と閉じ込められていることが耐えられない。せめて会話がはずめば、動物的なレベルでの相性の悪さを忘れることもできるのに。運転の仕方も変だ。何もないところを走っていても、急に警戒した鋭い視線で左右を見たりする。対向車が現れると、首をすくめて弧を描いておおげさに避けたりもする。二車線あるのだから、まっすぐ普通に走っていてもぶつかるはずはないのに。

あとどのくらいしたら着くのか、知りたいようで知りたくない。もしまだ長くかかるようだったら耐えられないので、訊かないことにする。「あそこに見えるのは何？」「知らない。」時計を盗み見ると、ホテルを出てもう一時間もたっている。「アリスとはどこで知り合ったの？」今度は答えが返ってこなかった。人の質問をそっくりそのまま無視するなんてあまりにも失礼ではないか。あなたはむくれてもう口を開くのはやめてしまった。

車は土地の痩せた草原を走っていった。丘のようなものがところどころにある。その麓に掘建て小屋のようなものが建っていて、まわりに六台、車が停めてあった。アレクサンダーが初めて自分から口を開いた。「あの家の人たちは、あんまり貧乏で車を捨てるお金がないから、家のまわりに壊れた車を全部置きっぱなしにしているんだよ。」索漠とした風景の中で、六台の古い車の亡霊が輪になって相談事でもしているように見える。あなたは何と答えていいのか分からなかった。アレクサンダーがこの世で関心を持っているのは、壊れた車を持って行ってもらうお金もない貧乏人のことだけなんだろうか。それにしても、よく分からないのはアレクサンダーの心の中だけではない。この土地のこともよく分からない。新しい車が買えるお金があって、いらない車を放置しておけるほどの土地を所有していても、車を捨てるお金がないというかたちの貧乏。冗談としか思えない。あなたは急に疲れを感じ、いつの間にか眠ってしまった。

目が覚めると、川沿いを走っていた。水面に太陽の光が反射し、きらきら小魚が泳いでいるように見える。時計を見るともう二時間も走っている。今さら、どこへ行くのかという質問をするのもおかしい。こんなに遠いと分かっていたら、ホテルで断るべきだった。今となっては、たとえあと五時間かかるとしても、成り行きにまかせるしかない。「あそこにキャンピングカーが見えるだろう、今、白髪の夫婦が出て来た。」あなたはアレクサンダーが口を開いたので驚いてそちらを見た。家のような白い車体から出て来た年配の女性は、片手にプラスチックの洗面器のようなものを持っていた。その夫らしい男性は、おおきく手を広げて体操を始めた。ふたりとも、だぶだぶのジャージを着ていた。「彼らは家がないからキャンピングカーの中で暮らしているんだよ。」「移動するの？」「移動したって意味ないだろう。」アレクサンダーの声に怒りのようなものが含まれていた。「どうして意味ないの？」「別の土地へ行ったって、ガソリンがムダになるだけで生活は良くならない。」「それなら、あなたは絶対に移動しないの？」そう言われてアレクサンダーはもどかしそうに言葉を探した。「だから、嫌でも移動しなければならなくなることもあるし、そういう時には別にそれで何かがよくなるわけじゃなくても移動しているんだよ。」あんたみたいなのと移動したら誰も楽しくないし、本人も楽しくなくて当然だ、とあなたは思った。

アレクサンダーの上着のポケットで携帯電話が鳴った。アレクサンダーはあわててスイッチを入れて、小声で言葉少なに答え、すぐに電話を切った。あなたはそちらを見ないふりをしていた。「アリス先生だよ。調子はどうかって。とても楽しいよって答えた。」あなたはぎょっとした。いよいよ喧嘩をするつもりで皮肉を言うのかと思って横顔を見ると、アレクサンダーは微笑みを返してきた。嘘ではないようだ。身体全体が死にたいという信号を発しているのに、顔の一部だけが僕は楽しいんだ、と精一杯主張している。とすると、身体から発する不幸をアレクサンダーは自分の力で消すことができないということになる。ちょうど肌にニキビが出てもそれを本人は消すことができないように。その時、アレクサンダーが急ブレーキをかけたので、あなたは前につんのめった。「着いたよ。僕はここで待っているから、見てきたら？　僕は見たくないんだ。」ぶっきらぼうにそう言われて、あなたはまたむっとして車を降りた。自分の見たくもないものを見せるために二時間半も車を運転したのだから、アリスに借りているお金の額も相当高いのだろうと思った。それにしてもどうして「アリス先生」なんて言ったのだろう。患者さんじゃあるまいし。

「水の神秘」という看板が出ている。中に入るとプールがあって、汚い水に食べかけの白菜がたくさん浮かんでいた。その下を暗い色の生き物がゆっくり泳いで通る。大きさはちょうど人間くらいだろうか。始まりと終わりが丸くしぼまって、よくできたうんこのような形をしている。これが体内から出てきやすいかたちなのだろう。あざらしやペンギンも水の中を泳いでいる時には、似たようなかたちをしている。しかし彼らは一度陸に上がれば、尖った手や鰭や翼を現すし、頭も身体に対して直角に立つ。マナティは陸に上がらなくても不満はないらしい。陸に上がる場所は作られていない。マナティはむしろマグロに似ているとも思う。水の中を楽に移動するには、このかたちが一番よいのだろう。しかし楽であれば優雅でなくてもいいものなのか。マナティには顎がない。水面に丸い口が浮かび上がってきて、ゆがんだ厚いくちびるで白菜をもさもさと食べた。

「マナティはイルカと同じで大変頭がいいんですよ。」

見ると、隣に昔のヒッピーのような格好をした老人が立っていた。

「頭よさそうに見えないでしょう。お互いに雌や権力を得るために戦ったりしないから、頭わるそうに見えるんです。イルカも同じです。戦わないんですよ。利口さには二種類ある。猿型とイルカ型と。猿はボスから順に身分がはっきりしていて戦争ばかりしている。」

「それじゃあ人間は猿型ですね。」

「そうです。残念ながら。」

あなたはいつの間にかマナティが好きになっている。人魚のようだとも思う。最近の挿絵に現れる人魚は多分ダイエットなどしているのだろう、痩せて胴がくびれているが、海に現れて船に乗る人を魅惑する女性の身体があるとしたら、むしろ、こんな風にたっぷりした身体なのではないか。老人が頭陀袋からキャンデーを出して、あなたに差し出した。

「一人で来たんですか？」

あなたは答える代わりに、くるりときびすを返して、駐車場の方に走っていった。アレクサンダーは車にもたれて、煙草を吸っていた。

「なんだ、もう見飽きたの？」

「どうしていっしょに見に来ないの？　もったいない。いっしょに来て。」

アレクサンダーは顔をしかめた。

「僕には自分に関係ないものまで見学するような力は余ってないんだ。」

「へえ、そうなの。あなた、それほど勤勉に何かしているようには見えないけれど、そんなにたくさんの力をいったいどこで奪われたの。」

「ユーゴの戦争だよ。」

あなたは唾をのんだが怯まなかった。

「来て。」

アレクサンダーは嫌々立ちあがった。あなたは大胆に彼の手を握って引っ張っていった。アレクサンダーは初めは壊れた人形のようにぎくしゃくと引っ張られていたが、そのうち勢いがついて、ウサギのように走り出した。あなたは逆に引っ張られ、そのスピードに付いて行けなくなって手を離し、息を切らし、遅れながら後を走っていった。アレクサンダーはマナティのプールがどこにあるのか正確に知っているようだった。チケット売りの人に「ちょっと、チケットは買ったんですか」と大声で呼び止められても止まらずに、そのまま水の方向にまっしぐらに走っていった。

第八章　練習帳

グラスを左手に、紙皿を右手に持って、ゆっくりと床をすべるように移動していく人たちの服の色がロウソクのあかりのせいか、油絵具の筆跡のように見える。市の文学祭のレセプションは公共図書館の一室で行われることになっている。図書館といっても宮殿のような入り口、中央の吹き抜け天井を見上げれば、はるか上方に巨大なシャンデリア、あなたはついイヴニングドレスでも着ているような歩き方になってしまう。

香辛料の香りが鼻の中に流れこんできた途端、サリーを着た女性たちの姿だけがまわりの光景から浮かび上がって見えた。金糸が縫い込まれた赤いサリーがすぐ目の前を通り過ぎていく。その縫い目のひとつひとつが見えてしまうほどあなたは眼が冴えている。

ナイフとフォークが皿に当たる音が聞こえ、それを合図に、フェスティバルの手伝いをしている学生たちが忙しげに会場を歩きまわる姿があなたの視界を乱し始めた。女の子たちは誰もが同じように痩せていて、肩がハンガーのようで、腿がふくらはぎと同じくらい細かった。
ところが一人だけ、ふっくりふくらんだ女子学生がいた。ひまわり模様のブラウスの半袖からのぞくたっぷりした腕の肌がほんのり白い光を放っている。歩く度に太腿が、それぞれ子供一人分くらいの容量で前にせり出す。他の学生の三倍あるいは四倍の空間を占めるその肉体にあなたの意識はぐいぐいひきつけられていった。見ないようにしても、視界のどこかがすぐにひまわりの黄色に染まっていって、すぐにまた細部が浮かび上がる。

あなたはバイキングのテーブルの前にできていた列に並んだ。前に並んでいる眼鏡の男は顔を前に突き出し、子羊の肉の煮込みを皿に山盛りによそってから、その隣にほんの少しだけインド米を付けあわせた。「もう少しライスを召し上がりませんか」と料理の向こう側に立っている深紅のサリーの女性にそう言われて、男はあわてて空いている方の手を振った。「いいえ結構です。パンはありませんか。あの何と言う名前だったか、ほら、インドのパン。」サリーの女性は笑いながら別のテーブルを指差した。「パンなら向こうにいろいろありますよ。きょうはナンがとても上手く焼けました。」男がそのテーブルの方に去ったので、あなたの目の前に舌の上でとろけそうな料理が姿をあらわした。それでもあなたは、自分がその中の料理を食べているところを思い描くことができなかった。深紅のサリーを着た女性が大きな目でジッとこちらを観察している。たくさん取らなければ叱られるだろうと思って困っているところに、横から若い縮れ毛の男が現れ、サリーの女に何かささやきながら、緑色の本とペンをさしだした。サリーの女は表情を変えずに本を受け取って見開きにサインした。あなたはそのすきに自分の皿にほんの少しだけ料理を取って、あわててその場を去った。もっとたくさん取りませんかと言われるのが怖かったのだ。サリーの女が差し出された本にサインをしていたことが少しだけ気にかかっていた。

隣の部屋には、大きな四角いテーブルが十個ほど並べてあった。普段は図書館の読書用の机なのだろうが、テーブルクロスとロウソクで飾り付けられ、すっかり晩餐会のテーブルに変貌している。すでに人が数人すわって会話が始まっているテーブルに割り込んでいくだけの意気込みが出ない。あなたは背中を丸めて、まだ誰もすわっていないテーブルについた。知っている人のいないレセプションに一人で出かけるのには勇気がいる。あなたは一人で来るつもりだったわけではなく、知り合いの作家が自分も行くからと言って招待券を一枚くれたので来たのだった。ところがその作家に急用ができて来られなくなったことをここに来て受付で知った。そのまま帰るのも残念なので勇気を出して一人で中に入ってみたのだった。

その時、さっきの女子学生があなたの方に近づいてきた。まさかとは思ったが、あなたをめざしてまっすぐに歩いてきて、お皿をテーブルに置く。目が合うと立ったまま、「ハロー、わたしジェインです」と名乗った。あなたは唾を呑み込んで頷き、うつむいて食べ続けた。頷くだけではなく自分の名前を名乗るべきだったことにしばらくして気がついたがもう遅い。

ジェインは床を擦る音など立てないで片手で椅子をひょいと持ち上げ、お尻を斜め後ろに突き出すようにして、腰からゆっくりと重心を落としながら座る。下を向いていても、ジェインの身体はあなたの視界に割り込んでくる。ジェインは、両方の足を大切な荷物のようにお腹の前の位置まで注意深く動かし、お皿の位置をきちんとなおしてから、大切そうにナイフとフォークを手に取った。

「今回のフェスティバルに参加なさるんですか？」

丁寧で罪のないジェインの若々しい声。まるで他人が自分を傷付けるかもしれないなどとは考えたこともないというようなのんびりした口調。みんなにいじめられてつらい小学生時代を送ったというような過去はないのだろうか。ないとしたら、いったい何が彼女を守り続けてくれたのだろう。

ジェインは、あなたが遠来の作家だと思って同じテーブルに座ったのかもしれないが、あなたは作家ではなく、知り合いに招待券をもらっただけだと答えても、少しもがっかりしたようすは見せない。フォークでカレーとご飯を上手くいっしょにすくって、フォークが届くだいぶ前にもう形のいい唇を開けて待っている。食べ物は口の隅やフォークから落ちたりしないで、きれいに全部口の中に入っていく。

「あなたも小説を書いているの？」

あなたは自分がなぜそんなことを急に訊きたくなったのか分からない。ジェインは驚きも照れもしないで、たいらに答えた。

「はい。短大の創作科に通っているんです。」

むしろ、あなたの中に渦巻く不要な気遣いのようなものが空振りして自分の頬にはねかえってきてぴしゃりと打たれた。

「その短大はどこにあるの？」

「ここからそれほど遠くないところ。」

「じゃあ、この街に住んでいるの？」

「バスでここから三十分くらい乗っていった郊外にママと姉と住んでいるの。」

あなたはこれは自分の台詞ではないと思いながらも、読んだこともない小説の登場人物の役を演じ始めている自分に気がついた。

「お姉さんも小説を書いているの？」

「いいえ。姉は税理士。」

「じゃあ、お母さんはあなたが小説書いていることをどう思っているの？」

「え、誰が？」

面接試験の受験生が質問の意味を正確につかもうとする時のように真剣にジェインは訊き返した。

「あなたのお母さん。」

「ああ、ママは、大学では楽しいことを勉強した方がいいっていつも言っているけれど、卒業したら、できれば普通の会社に勤めてほしいと思ってると思う。」

「あなたがもし小説家になったらお母さんは反対する？」

「さあ。きっとなれないから考えたこともないけれど。」

ジェインはそう言って、笑いもせず、寂しそうな顔もしなかった。でも小説の勉強をしているのだから自分が絶対に小説家になれないと確信しているはずはないとあなたは考える。隣の椅子の上に置いた鞄から大きなノートがはみ出しているのが見えた。そのノートにジェインは小説を書いているに違いない。ワープロではなくて万年筆で書くのか訊いてみようかとも思ったが、ジェインが少しでも顔を歪めるところまで質問攻めにしたいと思っている自分に気がついて口が凍った。ジェインはゆっくりとした絶え間ない動作をつなげながら食事を続けた。誰にも邪魔することのできそうにない流れだった。最後にはお皿の上のカレーをパンできれいに拭き取った。お皿はそのまま食器棚に入れてもいいくらい白かった。

あなたは翌日目が覚めるなり、胃がぐうぐう音をたてるのを聞いた。ゆうべ充分食べておけば良かったのだが、夕べは胃がどこかへ行ってしまっていた。外の大通りを歩いていけばレストランがいくつかあることは知っていた。家を出て、三つ目のレストランに入った。「この土地の河魚がシェフのお勧め料理です」とメニューに書いてある。好きな付け合わせの野菜を三つ選べるとも書いてある。野菜三種類というのが滅多に出逢うことのできない贅沢のように思えた。

ところがこの地方では野菜もすべてフライにしてあるのだった。輪切りにしてたっぷり衣を付けたオクラは、野菜というよりだんごだった。プチトマトも、やはりだんごである。口に入れれば、はじけてぷちっと酸っぱい味がするかと思うが、それもないままどんより消えた。かぼちゃはかすかに肉の味がした。魚は岩のように見えたが、食べてみるとふんにゃりしていた。それでもあなたは何か安心感のようなものを感じて食べ続けた。きのうと違っていくらでも食べられそうな気がしてきた。「いかがです?」と学生アルバイトのようなウエイターが来てまじめな顔で訊ねるので「野菜までもフライドチキンみたいなんですね」とあなたが皮肉な感想を漏らすと、ウエイターはにっこりした。「ケンタッキー・フライドチキンの創立者カーネル・サンダースの生家に行かれましたか。この近くです。面白いですよ。僕は経済学の勉強をしているんですが、グローバリゼーションなどと人が言い始めるずっと前から、あの人はこの地方の料理を世界中に広めたんですからね。僕はとても誇りに思っているんです。」

重くなった胃をかかえて外に出ると、通りの向こうから歩いてくる人影があなたの目を奪った。ジェインだった。レストランから出て来たところをジェインに見られてしまって、あなたはうろたえたが、ジェインは「あ、食事ですか」と当たり前のように言った。あなたは昨日はインド料理をほんの少ししか食べなかったのに、このレストランでフライを山のように食べたことまでジェインに知られてしまったようで、頭の中でしきりと言い訳を探していた。同時に「誇りに思っているんです」というウエイターのさっきのことばが脳裏に蘇った。ジェインに「今日、これから外国から来た作家たち五人の朗読会があるんで、また図書館に行くんです」と言われるとあなたは反射的に「わたしもちょうど行こうと思っていたところなんです」と嘘をついてしまった。ジェインはうなずいて、あなたと肩を並べて歩き始めた。ジェインと並んで歩いていると、隣に圧倒的な喜びを与えてくれる量感があった。

ジェインは頬を上気させ、すわった膝の上で両手をきれいに重ねて、舞台にじっと視線を当てている。あなたにはジェインの隣に座っていられること、それどころかジェインといっしょにここに来たということがなぜかとても誇らしく思えてきた。とても誇りに思っているんです、というウエイターの声がまた蘇ってきた。

あなたは朗読の内容はほとんど聞いていなかった。終わったらジェインとお茶を飲もうと思った。近くに喫茶店があるのを昨日見かけた。お茶に誘ったら、ジェインがうちに遊びに来てほしいと言うかもしれない。おんぼろバスに乗って、埃っぽい道を揺られて郊外にいく。ブルーのペンキを塗った木造の家のポーチには寝椅子が出してあって、テーブルには読みかけの分厚い小説が伏せてある。その本だけが変にくっきりと浮かび上がって見える。「ママ、お客さんを連れて来たわ」と鍵のかかっていないドアをあけてジェインが大声で家の中に向かって叫ぶと、中からジェインと体格がそっくりの母親が出て来て両手を広げて歓待してくれる。ジェインとポーチのベンチに二人で並んで座る。テーブルの上にはアマガエルの肌のような緑色に光る分厚い小説が置いてあって、表紙にはインド風の長い名前が書かれている。やがて母親がお盆にCDくらいの大きさのクッキーとクランベリーのジュースを乗せて出てくる。

あなたはいつの間にか居眠りしてしまったらしかった。マイクが倒れて床に叩き付けられ、それが電気で何百倍にも拡大された音で目が覚めた。会場のざわめき、司会者の気の利いたコメント、会場の笑い。隣でジェインもセーターの下の乳房を揺すりながら笑っていた。司会者はマイクをまわしたりコードをひっぱったりしてから咳払いした。「ゆうべのレセプションでは、すばらしいインド料理を満喫された方も多いのではないでしょうか。文学だけでなく料理までフェスティバルにプレゼントしてくださったのはこの方が初めてです」そう言って、司会者が舞台の裾に向かって片手をあげると、深紅のサリーをまとった女性が、分厚いアマガエルの肌のように光る緑色の本を持って、重い足取りで舞台に出てきた。さっき夢の中のポーチのテーブルに置いてあった本を手に、昨日カレーをよそってくれた女性が壇上に立った。カレーを作ったのはこの作家だったのだという驚きと、さっきの夢の中でポーチに伏せてあった分厚い小説は彼女が書いた本だったのだという驚きが重なりあって、あなたはくらくらっとした。

第九章

水の道

水は壁になってそそり立ち、迫り、頭上で崩れ、しぶきをあげながら落ちてきた。最前列のベンチに肩を寄せあってすわっているこどもたちは、ずぶぬれになりながら、両手を天にさしあげてきゃあきゃあと声をあげている。あなたは十列目のベンチにすわっていたのに、水の長い爪の先が膝まで達し、スラックスが濡れて布が腿に貼りついて皺ができた。薄ら寒い日だった。手ぶらでバスに揺られてここまで来たが、帰りのバスは夕方遅くまでない。濡れた服のまま夜まで野外を歩きまわれば、冷たさは肌にしみて風邪を引くかもしれないと、濡れることの楽しさより風邪を引く心配が先立ってしまう。本当はもう長いこと風邪など引いたことがないのに。こどもたちは服の濡れる心配などしないで、身体をおおげさに折り曲げて笑い続けている。さっきまで、数人の男女が会場を歩き回りながら、黄色いビニールのレインコートを売り歩いていた。レインコートは近くで見ると素材が薄く粗末な作りだった。値段を尋ね、六ドルと言われて買うのをやめたが、今思えば、風邪を引く心配や説明のつかない不安を取り除いてくれる料金としての六ドルは安かった。買っていれば、あのレインコートをかぶって、もっともっと水に近づいていって、こどもたちの間にすわって両手を天に挙げ、声をあげ、びしょ濡れになることだってできたかもしれない。

三頭のシャチが水上に上半身を起こして、観客に片方のひれで水をかける仕草には愛嬌があった。哺乳類だから、ひれではなく手と言うべきか。あなたは自分の両手を見つめ、頭の中でゆっくりとそれをひれに変貌させていった。

シャチはバケツに五十杯くらいありそうな水を十メートルも飛ばせるほど大きな動物には見えない。シャチが鯨の一種なのかどうかは知らないが、もしそうなら小柄な方だろう。脳裏を九メートルもあるシロナガスクジラのこどもがゆっくりと泳いで通り過ぎた。ガラスの向こう側のできごとだった。頭の中がガラスの板で仕切られていて、こちら側にしぶきは飛んでこない。

イルカは人間とほぼ同じ寸法をしているが、シャチはイルカよりも、ひとまわり大きい。その「ひとまわり」には厳かな超えがたさがある。ちょうど神父が真っ黒なケープを身にまとって祭壇の上に立つと、集まって来た信者たちより身体が大きいわけでないのに、ほんの少し大きく見え、その少しの差が超えがたく感じられるのと似ている。神父は教会を訪れる信者の頭に水を振りかける。まるでそうすれば、人はしあわせになるのだとでもいうように。シャチも人の頭に水をかける。びしょびしょになった人たちがしあわせそうに笑っているのをあなたは見た。

シャチはまさか人間をしあわせにしたいと考えているわけではないだろうと思う。それなら一体何を考えているんだろうと、あなたはゴムボートの空気穴のような目をのぞきこむ。目そのものが笑っているようなかたちをしているので、本当に笑っているのかどうか分からない。

あなたは昨日アンダーソンさんの庭で、三歳のレナに水をかけて、きゃっきゃと笑わせたことを思い出した。両親は外出していた。あなたは後ろめたさを感じながらも、哺乳類は水をかけてもらうのが好きなのだと思いながらレナに水をかけて楽しんだ。かけてもらっている相手が嬉しがっているのを見て喜ぶのもまた、あなたが哺乳類だからか。あなたはたくさん水をかけたわけではない。庭の蛇口をひねって、細い筋になって流れ出してきた水を手で受けて、レナの顔をのぞきこみ、「水かけるよ」と大きな声で予告する度に、レナはきゃあっと叫んで身をよじって数歩退いたが、遠くまでは逃げない。そんなレナの期待に満ちたまなざしに向かって水を投げる仕草をしただけだ。水は空中でしぶきになって散り、レナにはほとんどかからなかったが、レナは大声で笑って額を何度もこすった。両親が帰って来ると、レナはつたない言葉で、水をかけられたと報告し、両親は不審そうな顔をした。

あなたはこの日ひとりでシーワールドに来るつもりはなかったが、レナの両親と庭の寝椅子にすわって雑誌を読んで過ごすのはあまりにも退屈だった。何も言わないでこっそりアンダーソン家を抜け出して、シーワールド行きのバスに乗った。入り口でもらったパンフレットの表面から、エンターテインメントという文字が浮きあがってくる。その文字がシャチのかたちになって踊り出す。三頭並んで水中で逆立ちし、尾ひれを宙に差し出す。三枚、扇のように並んでしばらく動かない。拍手が湧き起こる。するとその尾ひれがまた水を観客の方向に飛ばす。水は飛ばされた瞬間にはかろやかに宙をすべるが、落ちてくる時には大変な量になって観客をぐっしょり濡らし、プールに落ちたのかと思わせるほどびしょ濡れになったこどもたちは、いつまでも笑い続けている。

飼育係が三人、水の上に作られた舞台に並んでお辞儀をした。若い男女と年配の男。若い男と女はさっそく水に飛び込み、それぞれシャチの背中にまたがって、プールを泳ぎ回りながら、観客に向かって手を振る。年配の男はふいに水の中から顔を出した三頭目のシャチに跳び乗り、サーファーのようにその背に立ち乗りした。拍手。それからシャチにまたがってその身体に抱きつくと、シャチは男を背中に乗せたまま水中深く潜り、一度姿を消した。観客は息をつめて、次に現れるのを待つ。深緑色のかげが水の中を移動していくのがぼんやりと見える。二つの生き物が合体したかたちが加速し始めたかと思うと一気に水の外に出て、宙に飛び上がり、シャチは男を鼻先で空に放り投げた。男は両手両足を伸ばしてトビウオのように飛んだ。それからきれいな弧を描いて頭から水に落ちて消えた。熱狂的な拍手。再び水面に浮かび上がってきて、観客に手を振る男。その背後では若い二人が脇役の微笑を浮かべ、やはり観客に向かって手を振っている。

あなたはなぜかだまされているような気がしたけれども、まわりの人たちにつられて、手が痛くなるまで拍手した。「シーワールドの大スター、シャチのショーはこれでおしまいです。みなさんまたお会いしましょう。」立ち上がると、濡れて腿にくっついたスラックスの生地が急に冷たく感じられた。

合衆国の国旗がどの樹木よりも高いポールの上方ではためいていた。シーワールドというワールドなのに、なぜか海という国の旗ではなく合衆国の旗が立っているのだった。あなたは旗を目印にして、もらった地図の上で自分のいる位置を確かめた。ふとそのまま先へは進まずに家に帰りたくなるが、バスがないので帰ることはできない。目的もなく歩いていった。不格好な姿の生き物の描かれた立て札が立っているので、矢印の方向に従ってなんとなく歩いていく。他にも二、三人同じ方向に同じ速さで歩いていく人たちがいた。

観客席の数は、さっきの会場の五分の一にも満たないだろう。客はまばらで、シャチのショーの始まる前に感じられたような熱気は全く感じられない。あなたはショーなど見たくはなかったが、ショーが始まるということで、席について何もしないで受け身になれることが嬉しかった。まわりを見回すと、赤ん坊を抱いた髪の長い女性、杖を持った、白髪の美しく波打つ男、分厚い本を胸にかかえた少女などがぼんやりとショーの始まるのを待っていた。みんな、わざわざショーを見るために来ているのに、なんだかショーなどどうでもいいという顔をしている。あなたも同じだった。高い入園料を払う時には、これから入るぞという意志のようなものを保っていた。園内ではすべて無料だったが、もう何も見なくてもいいようなだるさが時々襲ってくる。

やがててかてか光る黒いゴムの長靴を履いてヒマワリ色に長い髪の毛を染めた女性がプールの脇に作られた舞台に現れ、マイクロフォンを手に持って話し始めた。「このプールの住人はめずらしい種類の鯨で、性格はシャチの反対、つまり、好奇心が薄く、人に喜ばれることになど全く関心はなく、できれば無駄なジャンプなどは避けたいと思っているのです。」あなたは声を出して笑ってしまった。誰も連れがいないのに声を出して笑えたのは、観客席が空いていて、なんだかテレビの前に一人すわっているような気分になっていたからだった。「シーワールドは、動物に芸を強制することは決してありません。それぞれ自分の性格にあわせてやりたいことをやりたいところまでやらせるだけです。その証拠に、この鯨がほとんど芸になっていない芸をするところをぜひ見て欲しいのです。芸としては退屈でも、これは本人の意志から出て来た動きなのです。」あなたの後の席でかすれた笑い声がした。振り向くと、額に深い皺のある男がすわっていた。眼だけは鯖の腹のように光っている。あなたと眼が合うと言い訳するように「まるで僕みたいな鯨だ」とこぼした。あなたが笑うと、「シャチのあのすばらしい劇が非人間的な強制訓練によるものではなくシャチの自由意志によるものだということを証明するために、わざわざこの鯨のショーをやっているのですね。アリバイですよ。つまり、残業する社員たちは自分が残業したくてしているんだという証拠に、僕のように残業しない社員をわざと雇い続けているのでしょう」と言って、男はまたかすれた声を出して笑った。

芸のない鯨は、飼育係が餌の魚を見せても、視力が弱いせいで見えないのか、それとも跳び上がるのが面倒なのか、何の反応も見せずに水の中をゆっくり泳ぎ回っている。ところが飼育係が魚を水面ぎりぎりまで下げた途端に、すっと首を出して魚をたいらげた。飼育係がおどけて「怠慢ねえ。でも、それではあなたが全然跳べないみたいに思われてしまうわよ。お願いだから一度だけ跳んでみせて」と言って二匹目の餌を空中にぶらさげて振ってみせるが、鯨は全く反応しない。観客の中から笑いが起こる。「お願いだから跳んで」と飼育係が繰り返す。全く反応がない。「わたしのこと愛していないのね。それならばもう家に帰るわ」と飼育係が言うと、鯨はいきなり水の上に跳び上がり、どっしりとした重みを空中に印象づけてから、ばちゃんと水の中に落ちた。跳び上がった高さはシャチとは比べものにならないほど低かったが、跳ばないだろうと思っていたものが急に跳んだので、客席に驚きが波打ち、拍手が起こった。しかも、愛していないのねと言われて初めて跳んだので、なんだか胸がしめつけられた。「メロドラマ風にうまく演出してありますね」とあなたが後ろを振り返りながら言うと、さっきの男はもうそこにはいなかった。

人の流れはイルカのプールに向かっていた。あなたはなんとなくいっしょに流されていった。タキシードを着たような黒光りするシャチに比べると、灰色のイルカは小さくて貧弱に見える。小柄でひょうきんで身のこなしの細かいイルカはしばらく見ていると昔よく遊んだ同級生のように思えてくる。

母親、父親と五歳くらいの女の子が、舞台で飼育係のインタビューを受けている。「イルカと友達になる家族に選ばれたのは、確か一ヵ月前でしたね。知らせをもらった時、どんな感じがしましたか?」「もう嬉しくて嬉しくて」と母親。「ばんざーいって言ったの」と女の子。「こりゃ大変だと思いました。でも家族のためなら何でもしようと思いました」と父親。「それから毎週日曜日、ここでイルカといっしょに泳いだり、生物学の先生の説明を受けたり、餌をやったり、芸の練習をしたりしたんですね。」「そうです。楽しかったけれど、思ったより苦労しました。」「ではその成果をこれから見せてもらいましょう。」

飼育係は女の子の手を引いて、プールにかけられた小さな桟橋の上まで歩いていった。父親もすぐその後をついていったが、母親だけはなぜか元の位置に残った。母親の頬は緊張のせいか、四角くなっていた。飼育係はバケツからバナナくらいの大きさの魚を出して女の子に手渡した。女の子は父親に両方の肩を後ろから支えられながら、重そうに魚を両手で持ち、「昼ご飯よ」と叫んだ。イルカがすうっと泳ぎよってきて、飛び上がり、器用にその魚を口にくわえて、また水に戻った。会場から拍手が起こった。その時、母親が急に悲鳴をあげたかと思うと、ゆっくりあおむけに傾いて、水の中にばちゃんと落ちた。観客の中にどよめきが起こった。母親は両手でしぶきをあげながら水をかいて「助けて」と叫んだ。すると、イルカがさっと泳ぎよってきて、母親の股の間に入った。母親はイルカにまたがった姿勢で、水上に浮かび上がった。しばらく沈黙があった後で、控えめな拍手が起こった。母親は水を飲んで苦しそうに息をしていた。それがショーの一部だったのか、本当に落ちたのか、観客の半分くらいは判断しかねているようだった。「どれもファミリードラマですよ」と後ろで声がするのであなたが驚いて振り返ると、さっきの男がすわっていた。「でも、うまく作ってますね。胸がどきどきしました。本当に落ちたかと思って。」「すべてトレーニング済みですよ、素人も玄人も。」ショーが終わって、他の観客たちが席を立ち始めると、男はあなたの隣に来てすわった。「イルカに触りたいと思って来たんですが、さっき触れないと言われてがっかりしていたんです。ここなら誰でも触らせてもらえると友達に言われたんで、わざわざ来たんですけれど。数年前、その友達はここでイルカに触ったというんです。」

「イルカに触ると何かいいことがあるんですか。」

「ご存じないんですか。わたしの住んでいる町の近くにもイルカに触るコースがあるんですけれど、受講料が高過ぎて払えない。」

「イルカは身体に触らせてお金を取るんですね。」

「お金を取るのはイルカ自身ではありませんけれど。」

「でも、そうやって餌代を稼いでいるんでしょう？　生活のためですね。」

「いえいえ、イルカはそんなことしなくても、海にいれば生きていけますよ。」

隣にすわった男は黙ってしまった。あなたは他の客たちのいなくなった円形野外劇場のベンチで、プールの水をしばらく眺めていた。すると、飼育係の若い女性が現れた。水際に立って、右の肩を少し落とし、腰に両手を当てて水面を見ていた。すると、奥から音もなくイルカが近づいてきた。女性が何か言うと、イルカは水の外に顔を出して口を少しだけ開けた。細かい歯がたくさん並んでいた。「あの人に頼んでみましょう。触らせてくれますよ、きっと。」あなたは自分のいつにない積極性に驚きながら立ち上がった。男もあなたと同時に立ち上がったが、「それは無理ですよ。絶対に」と言った。「訊いてみましょう」と言って、あなたはもうベンチの間に作られた階段を自分でも驚くほど速足で降り始めていた。男がついてくるかどうか振返ってみなかった。飼育係と眼が合うとあなたは意識的に微笑んだ。「こんにちは。さっきのショー、すばらしかったです」とあなたは自分でも驚くほどはっきり言った。飼育係は素直に「ありがとう。きょうは心配なこともいくつかあったのだけれど、上手くいってよかったわ」と答えた。わたしが近づいていってもイルカは逃げなかった。今度はイルカと眼が合った。「歯がたくさんあるんですね。いったい何本あるんでしょう。」飼育係はにっこり笑って、「今、餌を持ってきます。あげてみますか」と言った。イルカの心を読みつづけてきた彼女には、あなたの心を読むことなどひどく簡単なのだろう。イルカの歯はいったい何本あるのだろうと訊いたのに、歯の数を答える代わりに、ちゃんとあなたの欲求に応え、触らせてくれると言っているのだ。言葉を口にしなくても思っていることを読まれてしまうということがくすぐったくもあった。飼育係は餌を取りに、奥のドアの向こうに姿を消した。あなたはイルカに餌をやる許可の下りたことをさっきの男に報告しようと、客席を振り返ったが、その時にはもう急ぎ足で階段を昇っていく男の後ろ姿はずいぶん小さくなっていた。

第十章　馬車

ペンションの経営者は、かもしかのような身体をインディゴブルーで襟元から足首まで包んだ女性で、髪は金色、いかにも自然なと言っても明らかに染めていて、顔には皺一つない。サンドラという名前。青いペンキを塗った木造二階建ての家に住んでいた。あなたが泊まっているのはその隣に建てられた別館で、中には客室が五つほどあったが、今は他には誰も泊まり客はいないようだった。朝食はサンドラの住む母屋のリビングで取るようになっている。

茶色いパンを入れたかごや手書きのラベルの貼られたジャムの瓶の置かれたテーブルは木目をむき出しにして渋い光沢を見せ、ナプキンは渋い草色の麻。サンドラがコーヒーを入れながら、この地方には、まだ電気もないような時代にスイスや南ドイツから移住してきてその時代のままの生活を続けている人たちが住んでいるのだという話をしてくれた。

「その時代のままと言うと?」

「電気は使わないで、薪で暖房したり、料理したり。テレビも電話もないし、車にも乗らないで、移動は全部馬車。着ているものも、その時代にあったものだけ。だからボタンもチャックも付いてなくて、とめるところは紐で結わえるの。今も家ではドイツ語の方言をしゃべっていて、それが、わたしたちがペンシルベニア・ダッチって呼んでいる言葉。」

「ドイツ語なのにダッチ?」

「ダッチはこの場合、ドイッチュということなんだと思う。」

「その言葉、聞いてみたい。」

「時々逢いに行く家族がいるのだけれど、逢ってみる?」

あなたが迷わずにうなずくと、サンドラは、

「今日あいているか訊いてみる」

と言いながら早速電話をかけに行った。あなたが二杯目のコーヒーをカップに注いでいると、サンドラは戻ってきて、

「今日、昼食に来てくださいって。もし嫌いな食べ物があったら、今から言っておけば平気だ

けれど」

と言った。あまりにも早く決まったのであなたは驚いて、嫌いな食べ物など思い浮かべることができなかった。サンドラはあなたの反応を心配するような顔をして、

「昼食代として、お礼に少しだけ現金を渡すのだけれど」

と付け加えた。お金を払うのだと聞いてあなたはむしろほっとした。サンドラは商売というのは何でも恥ずかしいことだと思っているのか、この宿でもあなたに友達の家に遊びに来ているような気分になってもらおうとして苦労している。


一度自分の部屋に戻り、十一時にあらためてサンドラのところに行くと、サンドラはまだ準備ができていないようで、開いたファイルを片手に、部屋の中を行き来しながら誰かと電話で話している。あなたは居間のソファーにすわって待っていた。ソファーの隣に置かれた小さなテーブルには『いかにして詩を書くか』という本が置いてあった。サンドラは一度電話を切ったが、今度はまた別の人にかけている。トイレに行きたくなったので、まだ電話している最中のサンドラに身振りで許可を得た。

サンドラの家の中は外から受ける印象よりもずっと広かった。木目の美しく浮かび上がった

廊下を歩いて行くと、途中、半開きになっているドアがあった。部屋の中に男がひとり、窓際に立っている後ろ姿が見えた。あなたの足音を聞いて男は振り返った。瞳が緑色に光った。挨拶したが、男は答えなかった。あなたはひやっとした。サンドラの年下の夫だろうか。喧嘩でもしているのだろうか。

その次の部屋は寝室で、ドアが大きく開け放たれていた。大きなダブルベッドの脇にタンスが置いてあり、上に白いプラスチックの容器が三十くらい並んでいる。「ビタミンC」、「セレン」などの名称が見える。どうやらサプリメントらしい。

あなたがトイレから戻ると、サンドラはまだファイルを片手に急がしそうに家の中を歩き回っていた。あなたはその身体を、あんなにたくさんサプリメントを飲んでいる人なんだと思って、つくづく眺め直した。

車に乗るとサンドラはほっとしたように溜め息をついて、これから行く家には、二世帯がいっしょに暮らしていて、双子の姉妹マルタとローラとそれぞれの夫と全部で八人の子供たちが住んでいるのだと教えてくれた。

「食事には、気持ちとして現金を渡したらいいと思う。彼らは物を買うことはめったになくて自給自足の生活をしているけれども、たまに現金も必要なこともあるようだから」

とまた付け加えた。あなたが何ドルくらい、と訊くと、なかなか答えない。はっきりしない言葉をやり取りしているうちにやっと二十ドルくらいという答えが出た。他に質問があったら遠慮なく、と訊くので、あなたはビデオカメラで家を撮影してもいいのか尋ねた。それから、「ビデオと言ってもカメラと同じように小さな機械でほんの記念に撮影してるだけなのだけど。」

「あの人たちは普通、写真は撮らせないのだけれど、マルタとローラは、自分たちはカメラに偏見は持っていないというのが口癖。ビデオも平気でしょう。でも撮る前に一応訊いてみましょう。」

サンドラの口調はさらっとしていたが、あなたは自分が急にかさばる荷物にでもなったようで居心地が悪くなった。

サンドラの車はゆるやかな丘の傾斜をなぞるようにして、眠たげな風景の中に滑り込んでいった。林の向こうから厳かで単調なリズムが近づいてきたかと思うと、黒い馬車が現れた。黒い服に身を固め、つばのある黒い帽子を被った男が、鞭を片手に背筋を伸ばしてすわっている。男はまっすぐ前方をにらみ、すれ違う時もまるであなたたちの姿が見えないかのようだった。

丘をいくつか越えると二階建ての堂々としたロッジが見えてきた。サンドラはスピードを落とし、敷地の片隅に車を止めた。家の横に張り渡された縄にブルーやピンクの衣服が韓国の葬式のような華やかさで風に舞っていた。

ぴちぴち跳ねるゴム鞠のような女性だった。身長はサンドラの半分くらいしかない。お腹のあたりに活力が球になって固まっている。白いレース編みで髪を隠し、その下にある眼は磨き上げられたむきだしの珠のようにこちらに向けられている。「これがマルタ」とサンドラが紹介してくれた。マルタは好奇心を隠さずに、あなたの顔を面白そうに見た。いくら見ても見飽きないようで、なかなか目を離そうとはしなかった。

天井がとても高かった。三角形の屋根の下、明るい木材に囲まれた学校の教室くらいの大きさの空間。調理と暖房を兼ねた長いストーブ、自分で刺繍をほどこしたカバーのかかったソファー、手作りのたんすなどが置かれている。質素というよりは、スイスにある贅沢な別荘を思わせた。

あなたが家の中をみまわしていると、その顔をマルタはまだじっと観察している。マルタの顔はおかしさをこらえているようにも見える。あなたは少し固くなっていた。サンドラが気をきかせて、「写真を撮ってもかまわないかしら?」とマルタに尋ねた。マルタははっきり二度頷いて、「あたしは写真には全然偏見をもってないの。わたしたちの一族は写真がきらいなことで有名だけれど。でも、撮った写真を売らないということだけは約束してちょうだい」と言った。あなたは「売る」という言葉に胸をえぐられるような気がして、「写真ではなくてビデオなんですけれど」と言おうとした口がうまく動かなかった。

窓から庭を見ていたサンドラが「あれは新しく建てたのね？」と小さな物置き小屋をさして言った。マルタはいたずらっ子のような笑いを浮かべた。

「あそこに電話が入っているの。夫は仕事の関係で最近電話がないと困るのだけれど、家の中に電話を置くことはできないから。」

あなたは上着のポケットにそっと触って自分の携帯電話の形を確かめた。マルタはあなたに向かってさばさばと説明した。

「わたしたちは電気は使わないで、料理もみんな薪を使って作るの。」

自慢しているようにも照れているようにも聞こえない。マルタは湯気をたてる鍋を指差し、つかつかと近づいていって重そうな鉄の蓋を開けた。あなたもちろちろと漏れる炎の色に呼び寄せられるようにストーブに近づいていった。マルタが鍋の四つの黒い鍋の蓋を次々開けていった。米、トウモロコシ、赤キャベツ、ジャガイモ。

壁には時計がかかっているが、あれはやはり電気ではなくゼンマイ仕掛けなのだろうか。新しそうに見えるがひょっとしたら観光客用のカッコウ時計で実用ということは考えていないから本当にゼンマイ仕掛けなのかもしれない。誰かが飛行機でヨーロッパに飛んで、すでにおみやげでしか売ってない民芸品を買ってくる。そんなばかげた考えを打ち破るためにあなたは「時計職人もこの村にはいるんですか」と尋ねてみたが、その声は、「まあ、おいしそう」と言うサンドラの声に打ち消されてしまった。サンドラは勝手に陶器の蓋をあけて中を覗き込んでいる。マルタが笑いながら、

「あたしは四十歳だけれど、サンドラ、あなたは何歳だったたっけ?」

と尋ねる。履歴書にさえ年齢を書かないこの国で、あっけらかんとタブーを破られてもサンドラは動揺せずに「六十歳」とはっきり答えた。あなたは息をのんだ。サンドラはどう見ても三十代、せいぜい四十歳にしか見えなかった。

「息子は元気?」

サンドラはマルタにうなずいてみせてから、あなたに向かって、自分の息子はもう三十歳だけれども障害があるから同居しているのだと説明した。窓際に立っていたあの男は夫ではなく息子だったのだ。あなたはサンドラの寝室のたんすの上にずらっと並んでいたサプリメントの瓶のことを思い出した。ああいうものを飲んでいると本当に年を取らないらしい。それとは逆にマルタは絵本に出てくるおばあさんのように皺が多いが、目の玉は剝きたてのゆでたまごの

ようで、視線はますます光を強くしていく。

何、考えてるの、とマルタに急に訊かれて、あなたの服はきれい、ととっさに答えてしまってから、あなたはあらためてマルタの服を観察した。無数の紐がここかしこで布と布を結び合わせている。プラトンも清少納言もみんな遠い時代の人たちはゆるやかに服を着ていた。遠い時代だけではない。今もゆるやかな服を身にまとった人たちはいる。真っ赤なサリーを着た大学教授といっしょにボンベイでお茶を飲んだ。ゆかたを着た子供たちといっしょに東京下町の夏祭りで踊った。みんな今の時代のことだ。世界のいろいろな場所にボタンのない服があった。あなたは今自分はどこかにいるだけではなく、どこにでもいるのだと思った。

「彼女たちはボタンやチャックは使わないのよ。紐で縛るの」

というサンドラの説明が横から入ってくる。今朝教えてくれたことをもう一度繰り返しているのは、マルタのいないところでは彼女たちの話をしていなかったという印象を呼び覚ますためかもしれないし、あなたがボタンやチャックのないことに興味を持っていることを感じて、また話題にしてくれたのかもしれなかった。あなたはビデオカメラを取り出すために部屋の隅に置いた鞄のところへ行った。みんなのところに戻ると、マルタと体型はそっくりだったが、顔の似ていない女性が入ってきた。双子の妹のロラだとサンドラが紹介してくれた。二人は二卵性の双子なのだとサンドラが言った。ロラはマルタほど客というものを信用していないような表情を浮かべていた。英語が得意でないだけかもしれなかった。あなたはペンシルベニア・ダッチが聞きたいと思ったが、どのようにして頼めばいいのか分からなかった。それから立て続けに子供たちが帰ってきた。男の子たちは三歳から十歳くらいで全部で五人いた。みんなつばのついた黒い帽子をかぶってブーツをはいている。来る途中見た馬車の男のミニチュアのようだ。三人の女の子たちはマルタとそっくりの服を着ている。五人とも人形のようにかわいらしいが、本人たちは自分たちが大人の愛玩の対象になるなどとは思ったこともないようで颯爽としていた。子供はあと三人いるのよ、とサンドラがあなたに向かって言った。あなたの手の中にあるビデオカメラに目をとめて、男の子が二人、近寄ってきた。それにならってあと三人の男の子たちも近づいてきた。あなたがしゃがむと、五人は半円を描いてあなたを囲んでしゃがんだ。マルタはサンドラに、池の氷を集めて土に穴をあけた中に入れ、そこに容器を埋めてアイスクリームを作ったという話をしながら庭に出て行ってしまった。ロラはいつのまにかいなくなった。五人の男の子たちは目をビデオカメラを見つめたまま動かない。呼吸するのも忘れてしまったかのようだ。あなたは撮影のスイッチを入れて、ディスプレイを子供たちに見えるように百八十度回転した。子供たちはそこに映った自分の顔をじっと見た。あなたには全く読み取れない表情を浮かべている。このまま子供たちもあなたも石になってしまうのか。サンドラとマルタが部屋に戻ってきた。マルタは子供たちに向かって何か言ったが、子供たちは全く反応しない。あなたはその言葉の響きにぶるっと震え、ビデオのスイッチを切った。

宿に戻ってから、あなたは床にすわりこんで壁にもたれかかり、ビデオカメラのスイッチを入れ、池の中を覗きこむように前屈みになってディスプレイを覗き込んだ。池の水の中から、五人の男の子たちの顔が現れ、こちらを見あげている。帽子の黒いつばに縁どられた顔。葡萄粒のような瞳。向こうはいっしょうけんめい見ているし、あなたもいっしょうけんめい見て返すが、視線は合わない。あなたのことを見ているのではなく別のものを見ている。何を見ているのか見当もつかない。そこにいるのはあなたではないのかもしれない。こちら側が池の中なのかもしれない。

第十一章　メインストリート

砂漠には雨が降らない。めったに降らない。降るとしても年に一度くらいだろうと聞いている。ところが、その日は雨だった。あなたはガービーとロサンジェルスを車で走っていた。初めは何車線も平行して走る市内高速に車が途切れなかったが、いつの間にか車線は二本になり、前後左右、他の車の姿が見えなくなった。まわりに車が見えないと、自分たちも車の中にいるという実感が薄れてくる。景色が動いていくのは映画を見ているからなのだという気がしてくる。映画にしては退屈な景色ではある。町中にあった箱のような家々も、街路樹の椰子の木もなくなり、目的のはっきりしない空き地のような空間がどこまでも続いていた。人の手を離れて野生の植物がはびこるという風でもない。人の住んでいないところには水が運ばれてこないので、地面は乾ききって、雑草も生えない。

大気中で何か異様な変化が起こりつつあった。あなたはそれを雰囲気のようなものとして肌で感じていたが、「この道でいいのよね」とハンドルを握ったガービーが不安げに訊いた瞬間、その変化が何なのか分かった。これまで何週間も青いばかりだった南カリフォルニアの空が急に灰色の膜に覆われ、ぼつりぼつりと落ちてきているのだ。落ちているもの、それは雨だ。と頭では分かっていても信じられない。水滴はフロントガラスに当たってばちばちと音をたてる。まばらながら大粒で、どんどん密度を増していく。

ハンドルを握ったガービーは今日は眼鏡をかけている。あなたにとっては初めて見る顔だ。紫がかった細いフレームのせいか、横から見ると頬がふくらんでいるように見える。最近少し顔が太ったのかもしれない。眼鏡のレンズの向こうで目がうるんでいる。

ガービーはあなたに顔を観察されていることには気づかないで、さっきから気になる考えを一人で追いかけているようだった。口を開くまで随分時間がかかった。「もしわたしが足をくじいてしまったら、代わりに運転してくれる？」そう訊かれて、あなたはあわててうなずくが、なぜガービーが急にそんなことを言い出したのか分からない。裸足にスニーカーをはいたガービーの足首に目をやると、むくれている。見られていることに気がついたのか、ガービーは、

「この頃、やっぱり足がむくみやすくなったの。本当はそんな時は、横になって足を高くあげるのが一番いいのだけれど」と説明した。「旅行はきつすぎたかもね。」「でも、これがもう最後の旅で、これからは当分どこへも行けないと思うと、無理してでも行きたくなって。」

雨は砂を乱打し、そこら中に、すり鉢状の穴をあけるが、穴はまた同じ雨の力ですぐに塞がってしまう。砂は水をごくごく飲み、喉が乾いた、喉が乾いた、と声なき声で叫び続ける。舗装された道路の表面には薄く雨の膜がはって光っているが、その膜はとても薄い。

「この辺には、ラスベガスで儲けた人を襲う強盗も出るんでしょうね。ルーレットで勝った人の持っている札束とかを狙って。」あなたはそれを聞いて笑いそうになったが、ガービーの横顔は真剣だった。「砂漠で殺人事件が起こっても多分目撃者はいないでしょうから、やりやすいだろうし。」そう言いながら運転するガービーは肘の構えが角張り過ぎて不自然だ。メーターを見るとスピードを示す針は低い数値を行き来するばかりで、ハイウェイなのに時速三〇マイルを越えないように運転しているのはいったいどういうつもりなのだろう。「でもこれからラスベガスに向かう人は、まだお金をそれほど持っていないでしょう。だからこちらの車線を走る車は狙われないでしょう」とあなたは笑いをこらえながら言った。「賭けるためのお金を持っているでしょう」とガービーは真剣な声で反撥する。「大金を持って遊びに行くのではなくて、なけなしの金をはたいてギャンブルして、そのお金さえもすってしまうというのが相場だと思う。」反応がないので、あなたは付け加える。「少なくとも小説の中ではそういうことになってる。」ガービーはにこりともしないで前方を睨んだまま言った。「それは読んでいる小説の種類によるでしょう。ギャンブルとか人殺しとかが出てくる小説、あまり読んでないでしょう？」「ドストエフスキーとか？」「違う違う、砂漠みたいにすごく乾いた雰囲気で、いきなり人が死んだりする本。」「カミュとか？」ガービーは初めて声を出して笑った。

雨にけむる風景の中に、家一軒くらいの大きさの看板が現れる。一枚目はお化けのように通り過ぎてしまう。気をつけて窓の外を見ていると、二枚目が現れ、「食べ放題」と書いてあるのが読めた。「オール・ユー・キャン・イート、あなたの食べられるものすべて、四ドル九九セント。怖い、怖い、あんな化け物みたいに大きな看板にそう言われると。なんだか人間が看板に食べられてしまいそう。」ガービーはうなずいて、「なんだか気持ちわるくなってきた」と言うなり急ブレーキを踏んだ。聞き慣れない摩擦音をたてて車は停止し、あなたは前につんのめった身体をゆっくり元に戻しながら唾を呑んだ。思わずバックミラーをのぞく。背後に車の姿は見えない。「気持悪いの？」「ううん、平気。こういうことが最近、増えてきたような気がする。医者は、それは我慢するしか仕方ないって言うけれど。」ガービーはアクセルを踏んで、今度は猛スピードで走り出したが、一キロもいかないうちにまた、のろのろ運転になった。あなたは理由を聞かなかった。雨は同じ密度で降り続けた。ガービーが溜め息をついて言った。「去年、このあたりで迷子になって、骸骨で発見された家族がいたわね。メインストリートをちょっとはずれただけでもう道が分からなくなって、一週間後にやっと発見されたのよね。」「メインストリートをはずれなければ、迷うはずもないくらい単純な道なのにね。」「どうしてそんなに早く骨だけになってしまったのか不思議。」「雨が降らなくて空気が乾いていたんでしょう、きっと。喉が渇いたでしょうね。人間、飲み水さえあれば、食べ物がないというだけでは、なかなか死なないらしい。今日はこれだけ雨が降っているから、飲み水には困らないでしょう。」あなたはそこまで言うと、いつの間にか自分たちも道に迷う設定になってしまっていることに気がついて口をつぐんだ。話題を替えようとするが他の話題が思い浮かばない。ガービーの方が口を切るのが早かった。「空気が乾いているというだけなら、ミイラになるはずでしょう。すぐに骸骨で発見されたということは食われたのよ。」「砂漠には肉食動物は住んでいないと思うけれど。」「肉食動物は、どこにでもいると思う。ねずみだって、カケスだって、ピラニアだって肉は食べるし、植物にも食肉植物ってあるでしょう。それに、元々は草を食べていた動物でも、砂漠は草が不足しているせいで、いつの間にか肉食になってしまうかもしれない。たとえば肉食化した巨大なうさぎか鹿がいるかもしれない。最近、人間には菜食主義者が増えている分、自然の中では昔は菜食だったのに肉食になっているものがいるんですって。」「ミスター・トムソンみたいに、肉食主義にこだわる伝統的人間もいるけれど」と言ってから、あなたは自分の冗談に満足しているかのようにわざとにっこりして見せたが、ガービーの横顔は全く笑っていなかった。

トムソンは、ロサンジェルスのある大会社の重役で、禁止されている薬品投入で太らせた牛の肉を海外に輸出していたことで起訴されたが、その肉が無害なことを印象づけるために、自分でステーキにして食べている写真やビデオを作ってマスコミに配布していた。

看板の数はしだいに増えてきたが、他には車の姿は見えなかった。「もうずっと、追い越していく車はないし、追い越される車もない。」「車の数が面積の割に少なくて、みんなが同じスピードで走っていれば、そういうことになるでしょう。もし気持ちわるかったら、休みましょう。」「休みたくない。」「運転替わってあげたいとは思うんだけれど。」「自分で運転していないと、気持ち悪くなるの。」

まわりに建物がないだけでなく、車も走っていないので、移動の速度が全くつかめなくなってくる。メーターを見ると二五マイルまで落ちている。この遅さは普通ではない。雨は面白いほどしぶとくやまなかった。「まだ着かない、変ね」とガービーは心配そうに言う。「だってまだ四十分しかたっていないじゃない。一時間はかかるって聞いているけれど。」「でも、とばしたから。」「全然とばしてないでしょう。今日は随分ゆっくり走っているなあと思って驚いて見ていた。以前はスピード狂だったでしょう。」

ガービーはブレーキを踏みながら、車を道路のわきに寄せていった。ガラスを打つ雨の音が変わった。「疲れた?」「自分が疲れたのかどうかも分からない。そのまま走れば普通に走れるような気もするし。」「わたしたち、いそいでいないんだから、好きなようにして。楽なのが一番。」「休憩所なんて、こんなところにはないでしょう。」「ここに停車したまま休んでいればいいと思う。他の車は来ないし、すぐにラスベガスに着かなければならない理由は何もないし。ギャンブルが好きな訳でもないのにあんなところに行くのは、ただの好奇心だものね。行かなくてもいいんだから、気を楽に持って。」ガービーは両手を祈るように組んでその上に額を載せて言った。「数年前にラスベガスで結婚した友達がいるんだけれど。」「へえ。」「結婚式は楽しかったって。でもすぐに離婚した。」「そういう人はたくさんいるでしょう。」「あんまり幸せか幸せかって訊かれると気が重くなってくるって、彼女初めの年から言ってた。その気持ち分かる。」「どうして?」「仕事も辞めてしまったし。一生再就職できないかもしれないと思うと、家でアル中になるかも。」「ばかばかしい。アル中と言えば、ラスベガスはお酒を飲むところがあまりないところが、歓楽街にしてはめずらしいと思う。みんなを賭け事に駆り立てるには、あまりお酒が入りすぎるのはよくないということで。」「それじゃあ売春もないの？」「さあ。でも、子供は禁止らしい。子供が生まれたらもうあの街には住めないんだって。」「どうして？」「子供のいるところで賭け事をやってはいけないって法律でもあるんじゃないかな。」「それじゃあ法律が逆でしょう。賭け事しているところで子供を産んではいけないってことでしょう。」「それとも、子供が増えると、保育園とか幼稚園とか学校とか作らなければならなくなって、純粋利益の街じゃなくなるからかな。」

街は夕闇の中にふいに浮かび上がった。光の鎖にふちどられたお城やピラミッド。きらびやかなフェイクの建築群の間をさまよう人々の肩にも、惜しみなく光が注がれていた。陽気なのにどこかもの悲しげな音楽が流れていた。あなたとガービーは、目の前に現れたドアに吸い込まれるように入って行った。途端に、じゃらじゃらというまるで鎖に繋がれた千匹の動物が足踏みするような音が聞こえてきた。ガービーはしばらく何百台と並ぶスロット・マシーンの前にすわった人たちの背中をぼんやり見ていたが、あいている席を見つけると人が変わったようになって、いきなりそちらに向かって走り出した。あなたはあわてて後を追った。ガービーは、スロット・マシーンに向かってすわると、すぐに別の世界に滑り込んでしまった。身体だけこの世に置き去りにして、本人は向こう側へ行ってしまった。ここにいるように見えてもうここにはいない。あなたは行ってしまったガービーをあわてて引き戻すように、「ゲーム好きなんだ。知らなかった。いつから?」と言っても、ガービーはふんふんと言葉にならない声を鼻から出すだけで答えない。これまで二人だけで車という小さな箱の中にすわって話をしていたのに、今はたくさんの知らない人たちの列に入り込んで、それだけのことでガービーとあなたを結ぶものは何もなくなった。あなたはしばらくぼんやりと機械の中にあらわれては消えるけばけばしいパイナップルやイチゴの絵を眺めていたが、そのうち機械の音が耳障りになってきた。腰を浮かすと、あなたを引き止めるようにガービーが急に、「アニータはこんな音を今から聞かされて、将来は博打打ちになるかもね」とこぼした。アニータというのはガービーのお腹の中で暮らしている子供の名前だった。

あなたは、「すぐ戻ってくるから」と言い残して席を立った。トイレの表示を追って、どこまでも続くスロット・マシーンの列の間を抜け、簡易レストランの脇を通って奥へ奥へと歩いて行くと、途中でトイレの表示もなくなってしまって、人がいなくなり、廊下が続くので先へ先へ歩いて行く以外ないのだが、やがて照明も節約気味になってきて、目の前にはいかにも「関係者以外立ち入り禁止」と書かれていそうなドアが現れた。しかしそうは書かれていなかったので、あなたはドアを押した。すると、空気がひやっとして、屋外に出たのかそれともまだ屋内にいるのか分からないような、仮に作った通路が続き、やがて次に現れたドアを開くと、建物園のにおいが鼻につんときた。そのにおいに引き寄せられるようにして歩いて行くと、建物の裏の敷地に出た。大きなテントが三つ立っていた。手前のテントから光が漏れている。近づいていって中を覗くと、真っ白な舞台衣装に身を包んだ男が二人、並んで四つん這いになって、こちらに尻を後ろに突き出し、背中をしなわせている。ヨガでもやっているのだろうか。二人は呼吸がぴったりあっていた。丸められた二枚の背中は息を合わせて少しずつ持ち上がっていって、ついに太鼓橋のようになった。それから首が持ち上がり、亀になったかと思うと、ごおっと低く地響きのようなうなり声がした。あなたはぶるっと震えた。よく見ると、真っ白な虎が二匹、男たちの背後の壁の中にいるではないか。すわって丸い耳をひくひくさせながら、前足をなめている真っ白な虎、その足元で数匹、どれも真っ白な虎の子供がよちよち歩きまわっている。そこにもう一匹、真っ白な虎が近づいてきて隣に腰を下ろす。家族の記念写真でも撮ってもらいたそうなわざとらしさで、そうなると急に雌と雄とその子供という風に見える。壁の中のように見えたのは、ガラスの壁の向こう側ということらしかった。人間の男二人はそちらには全く目をやらずに、しなやかな首筋におしろいを塗り合っている。ねっとりと白い。額が光っている。汗をかいているのかもしれない。そのうちあまりの暑苦しさに耐えかねたのか、二人は衣装を脱ぎ始めた。それからボール紙に金紙を貼って作ったような安っぽい剣も腰から抜いて床に置いた。あんな剣を腰にさして髪の毛を黄色がかった金髪に染めているところを見ると、ニーベルンゲン風のお膳立てで虎のショーでもやるのだろうか。むしりとるように全部脱いでしまうと、男たちの顔は、女性的な真剣さを帯びた。二人は肩を組んで壁にもたれてすわった。足はすらりとしていたが、腿の筋肉は深い陰影を帯びて盛り上がっていた。男の膣というのを見たのは初めてだった。肉の厚いくちびるが開いて、真っ赤な血を吹いて、中から何か猫のようなものが這い出てきた。男の片方が「うおお」と虎の声を出した。もう一人が深く息を吸って呼吸を整えながら人間の声で「時間だ。ステージに」と言った。

あなたはトイレの前に貼られたポスターの前にぼんやり立っている自分に気がついた。どうやらしばらく意識を失っていたらしかった。はっとして腕時計を見る。ショーが始まるまであと五分しかない。スロット・マシーンのところに戻ろうとして方向も分からないままに歩き出すと、前からガービーが歩いてきた。「どこ行っていたの。迷子になったかと思って心配した。」「はやく、はやく、ショーが始まる。」あなたは、ガービーの手をひっぱって切符売り場に急いだ。手を引かれて歩く時、ガービーはお腹を前に突き出して歩いたので、初めて妊婦らしく見えた。

ショーはもう始まっていた。あなたは亀のように首を襟の中に引っ込ませて席についたが、ここはオペラ座ではない。遅れてきた客をとがめる視線はどこにもなかった。券を売る人も調べる人も「一番始めのシーンが見られなくて残念でしたね。すごかったですよ」と親切に言ってくれただけだった。あなたとガービーが席に着くと、スポットライトが舞台中央に彫り上げた円の中で、白い衣装を身に付けた男二人がそれぞれ白い虎と戯れているところだった。虎は時には脅すように、時には甘えるように、前足を差し出したり、口を開けてみたりする。舞台の背後にはガラスの壁があって、その向こうで小さな虎五匹が勝手に遊んでいた。虎が二匹とも台の上に立ち上がった。そして、しなやかに飛んだ。左の虎は右の台に、右の虎は左の台に、男たちの頭上を飛び越えて飛んだ。虎が着地してすわると、観客は歓声を上げて拍手した。

「あの人たち、昔はサンスクリット語の研究している学生だったんですって。」ガービーがパンフレットを読みながらあなたの耳元でささやく。「アメリカに来て、自分の虎を見つけたのでしょう」とあなたが言うと、ガービーは不安そうに顔をゆがめた。

第十二章　とげと砂の道

プラスチックと金属に覆われた清潔で冷たい世界。どちらを向いても窮屈さを感じさせないだけの広いホールではある。しかし王室や銀行などの威厳を背後に感じさせるわけではなく、ただ肥満化した富の姿を冷静に復元しているだけだ。はっとさせるようなデザインを排除して、平凡な作りにしてあるのは、もう誰に対して富を誇る必要もないからだろう。

飛行場は、デパートと同じくらい日常的な場所なのだ、気楽に行こう、国家の威厳や誇りなどというものは発展の途上ですがりつく見栄、自分たちはナンバーワンなのだから、妬み深い外部者に破壊されないように気をつけていればそれでいい。飛行場の内装に凝るのは成金国。飛行機の中で読んだ本に書いてあったそんな飛行場論を思い出しながら、あなたは飛行場の階段を一段一段降りていく。足下がなんだかふらつく。いっしょに飛行機を降りた人たちはいつの間にか壁に吸い込まれるように消えてしまった。下のホールは閑散として、誰もすわっていないプラスチックのベンチばかりが浮かび上がって見える。普通、駅や飛行場のベンチは変に反り返った形をしていたり、高い肘掛けが作ってあったりして、身体を伸ばして横たわることができないようになっているが、ここのベンチは、横になりたければどうぞ、と言いたげにどこまでも連なっている。ガラスの壁越しに外の道路が見えるが、走り過ぎていく車は稀だった。

杖をついた髪の短い女性が軽そうなリュックサックを肩にかけて現れ、あなたの目の前にすわると、微笑みの表情を顔に載せた。誰かが絶対に迎えに来てくれると確信している顔だ。あなたを迎えに来るはずのアンはまだ現れない。どのくらい時間がたっただろうか。あなたは鞄から時計を出して見ることもなかった。本を出して読もうともしなかった。一度、掃除用具を積んだワゴンを押しながら、若い男が目の前を通り過ぎていった。その瞬間、店の閉店間際の雰囲気が漂ったが、まだ夕方だ。これから到着する飛行機だってあるだろう。

正面にすわった女性は宙をみつめたまま動かない。ひょっとしたら誰も迎えにこないかもしれないと思って少し不安になっているのではないのか。あなたはこの人といっしょにいつまでも飛行場にすわっている自分の姿を思い浮かべてみた。それから、天井に取り付けられた奇妙な照明器具が気になり始めた。場内の照明はおそらく日が暮れてからもとても明るいのだろう。取り残された人たちは、夜になったことにも気づかずに、本も読まず、時計も見ずに、彫刻のようにベンチにすわったまま待ち続けるのだろう。

正面の女性が落ち着きなく身体を動かしていたかと思うと、声をかけてきた。「ご旅行ですか。」そう訊かれてあなたがぼんやりうなずくと、相手はすかさず、「わたしは五年前から、家族とここに住んでいるんです」と答えた。今自分が一人でここにすわっていることを否定するように、「家族」という単語を強く言ったように思った。あなたは相手の杖に視線を固定させたまま、慰めるようにうなずいた。

その時、右の方からアンが歩いてきた。正面に見えるガラスの回転扉を見つめていたあなたにとっては意外な方向だった。「ごめんね、遅くなって。」「誰も来なかったら、砂漠でこれから一人、どうやって生きていこうかと思った。バスもないようだし、タクシーもとまってないし。」「バスやタクシーは確かにないけれど、でも砂漠で一人、生きていくなんて大げさね。これでも街よ。マチ」「車に乗れない年寄りはどうするの。」「家族に頼るしかないでしょうね。」「だって、家族のいない人はたくさんいるでしょう?」「この土地にはあまりいないと思う。ニューヨークでは一人暮らしは普通だったし、車を持っていないのも普通、あたしも持っていなかったけれど、でもあそこには地下鉄があるものね。」「じゃあ家族プラス自動車が地下鉄の代わりなんだ。」

アンはひどく丁寧に車のキーをまわした。なんだか車に遠慮しているようにさえ見えた。車の中に残った熱を吹き飛ばすように冷房の風が吹き出してきた。「冬でも冷房。」「冬だから、暑さも耐えられる程度だけれど、夏なら昼間は外に出られないくらい。」あなたは、冬という言葉がからっぽにされてしまったので、何か季節を思わせる別のものでも探すように窓の外を見る。高層ビルがないせいか、急に地球が平たく広くなったように感じられた。道幅は広く、たとえ急にユーターンしても対向車線を走っても、事故など決して起こりそうには見えなかった。冷房の冷たい風が斜め下から顔に吹きつけてきた。「この辺は一年中、緑なの。サボテンは冬でも枯れないから。砂漠はいつも緑なんだっていうこと、みんな知らないみたいだけれど。」サボテン。植物というよりもトーテムポールのようなものがそこら中に立っている。ひらひらと風に舞う葉っぱがないので、植物だという感じがしない。サボテンはざわめかない。葉を落とさない。自分の持っているものをひしと抱きしめて、よろめかずにじっと立っている。「ここに引越してきてから、よく車の運転をするようになったの。以前は免許なんて紙切れに過ぎないと思っていたのだけれど。なんだか自分が別の人間になったよう。」「別の人間って、どんな人間？」「黙ってまわりを観察しているような人。静かにしていれば何も恐ろしいことなんか起こらないと信じている人。何事もなく長い時間が流れていっても焦らない人。」「こんなに人口密度が薄いと、無口になるかもね。」「これでも人口は増え続けているのよ。定年退職して、ゆっくりゴルフのできるところに住みたいという人たちがどんどん家を買って引越してくるから。」「そう言っても、道に人がいないとなんだか寂しい。」「わたしも以前はそう感じたけれど、最近、感じ方が変わってきたみたい。たとえば、なつかしいパリの街なかのようすがテレビに映ると、なんだか第三世界みたいに見えてしまう。小さい店がたくさんあって、ビニール袋に密封されていない裸の食べ物をたくさん売っていて、道には人が溢れていて、おしゃべりしたり、ものを売ったり、買ったり、食べたり、飲んだりしているところが丸見えで。パリだけでなくて、インドとか、タイとかの大都市も同じだと思うけれど、人間たちの肌がじかにふれあっている感じ。それに暑くてたまらないくせに、暑い中にいる。なぜか冷房で冷やした密室から密室へと車で移動しながら暮らそうという発想がない。そういうのが、だんだん鬱陶しくなってきた。」「貧しそうに見えるってこと？　つまり、この閑散とした通りが、豊かさのあかし？」「そんなはずはないんだけれど。」

住宅地に入る。どの家も家より大きい敷地の真ん中に、モデルハウスを思わせるしらじらしさで置かれている。敷地には必ずサボテンが生えていて、あいているところには、鍬やシャベルが適当に放ってあったりする。アンの車はすっと右折して、かわいらしい家の前にとまる。「ニューヨークに住んでいた頃は、自分が家を買うなんて想像もつかなかった。家族もいなかったしね。」車の音を聞きつけたのか、ドアが中から開いて、家の中からジーパンをはいたすらっと背の高い男が現れた。その腰に子供がしがみついている。柔らかそうな髪の毛が少年の面影を残す額にかかっている。「あれがわが家族」そう言って、アンは車から降りた。鍵はかけなかった。

子供と夫は、簡単な挨拶が終わると奥に引っ込んでしまった。アンはあなたに居間のソファーを勧めて、台所に姿を消した。

しばらくすると、おもちゃのトラックを押しながら、居間に子供が出てきた。身体の大きさからすると五歳くらいかと思うが、なぜかまだ言葉をしゃべらないようだ。ああう、ああう、と声を出しながら、トラックを押してあなたのまわりを一度回ってから、テレビの方へ進んだ。それから身を起こして、あなたを見たが、怖がったり照れたりする様子は全くなかった。あなたに関心を失うと、今度は誰もいない隣の部屋の方向を睨んで、トラックを野球投手のようにゆっくりと片手で持ち上げ、思いっきり投げる。トラックはものすごい音をたてて木の床に落ちるが、台所にひっこんだアンにも、奥の部屋にいるはずの夫にも、その音は聞こえないようだ。子供はそこに落ちていたサボテンのぬいぐるみを片手で持ち上げると、重そうな身体のバランスをやっと取って倒れそうになりながら走り始めた。サボテンのぬいぐるみが途中、ほっそりした木の椅子に引っかかって、椅子がバタンと倒れ、子供もうつぶせにバタンと倒れた。あなたは、今にも大声で泣き出すに違いない子供をあわてて両手で抱き起こした。ところが子供は床に打ちつけた額を片手で撫でながら、不思議そうにあなたの顔を見ているだけで泣こうとしない。その時、アンがコーヒーをお盆に載せて戻ってきた。あなたが今あったことを報告すると、アンは、「砂漠の子はあまり泣かないみたい。節水のつもりなのでしょう」と言って微笑んだ。

子供はまだ二歳だという。「身体がばかでかいでしょう。だから知能が遅れていると思われることもあるの。本当はまだ赤ちゃんなのよ。」「ここに来てから生まれたんでしょう?」「そう。まだ砂漠以外のどこにも行ったことのない、純粋砂漠の子。」「もう何年、ここにいるんだっけ?」「五年と五カ月。ここの大学の講師になってもいいと思って面接試験を受けに初めて来た時は驚いたわ。飛行機の便が悪くて、国内なのにニューヨークから見れば、パリより遠いところに来てしまったんだって分かった。車で迎えに来てくれた大学の同僚もその日はなぜかみんな特に無口でね。窓の外はサボテンばかりだし、空気は乾いていて暑くて、肌は一日でひび割れてくるし。こんな気候に慣れることができるか自信ありませんって漏らしたら、そのうち砂漠があなたの中に浸透していきますよ、という答えが返ってきて、ぞっとしたこと、まだはっきり覚えてる。そうなる前にまた都会の大学に職が見つかればいいな、と思った。砂漠の悪口を言えば採用試験にも受からないで済むかもしれないと思って、なるべく文句を言うようにしたんだけれど、みんな微笑を浮かべて聞き流しているだけで、結局、受かってしまったわけ。」「優秀だからでしょう。」「みんな一生ここで暮らすつもりみたい。」「あなたは？」アンは自分の手首の肌を撫でていた。肌は日焼けしていたが、砂のように乾いてはいない。むしろその茶色は桃色がかって、みずみずしい。砂漠はアンの身体の中に浸透したのか、まだしていないのか。

子供は肌に日焼け止めクリームを塗られることをひどくいやがった。顔を左右に激しく振って、クリームがつかないようにする。それでも泣くことはないから、節水精神が徹底している。子供は玄関で靴を履かせてもらって庭に出る。あなたも子供の後から外に出た。日差しは強く、ブラウス一枚でも寒くはないが、二月なので薄い上着を羽織らないとあなたは気持ちが落ち着かない。駐車してある車の隣に、あなたより背の高いサボテンが一本生えている。縦に深い皺の寄った深緑の柱、その肌は湿っているのか乾いているのか、見ただけでは分からないので、手を伸ばして触ってみると、子供が背後で、あっと声を出した。あなたは驚いて振り返った。

子供は声を出したのは自分ではないとでも言うように、無表情でそこに突っ立っていた。子供はなぜ声をあげたのだろう。あなたは庭を横切って花壇の方へ行った。膝くらいの高さのサボテンが各種、植えてある。地面に鮮やかな紅色の花が落ちているので拾って見る。茎をつまんだまま、くるくるまわして、いろいろな角度から眺めまわす。花は地に落ちてしまった者の悲しさなどかけらも感じさせず、鋭い花びらを元気よく放射状に伸ばしている。花を手でくりくりまわしながら眺めているあなたを遠くから観察しながら、子供は顔をしかめている。その理由は後になって分かった。もし子供に言葉が話せたら、とっくに警告してくれていただろう。

あなたは歯を食いしばって、着ていた七分袖の薄い木綿の上着を脱いで、診療室に入った病人のように椅子にまっすぐ腰掛けて、両腕を前に差し出し、アンと、同僚のメラニーとその娘がピンセットで腕の肌からサボテンのとげを抜いてくれているのを眺めていた。メラニーはさっき本を返しに寄ったのだが、あなたのとげを見て同情し、娘と二人でとげ抜きに参加したのだった。

とげは体毛と同じくらい細く柔らかく、刺さるというよりは、細胞と細胞の間にすっと忍び込んでいったという感じだった。そのままでは痛くもないが、肌を撫でると電気の走るような痛みを感じる。とげはあの花からこぼれ落ちたものらしかったが、花をいじっていた時には全く気がつかなかった。「すでに落ちてしまって身を守る必要のない花が、とげをばらまく必要などないのに」とあなたが恨みがましく無駄な理屈をこねてみせると、「死んでもまだ恨みは晴れない」と言ってメラニーが笑った。

三人とも砂漠に住み始めて数年たつと言うが、ピンセット使いの達人になっている。「サボテンの美しさ面白さに惹きつけられて思わず触ってしまってとげにまみれるという経験は、この土地に生まれた子供なら、普通、二歳になる前に卒業しているんだけれど」と言ってアンが笑う。「何歳になってからでもいいのよ。一度経験すれば。刺さったとげが抜けたら、砂漠のイニシエーションを通過したことになるから、あとはずっとここで暮らしていけばいい」とメラニーが言う。「ずっと？　わたしはただの訪問客で、来週には帰るんだけれど」とあなたはあわてて断る。この地に一度定住した人は、訪問客を引きとめておこうとする傾向にあるようだ。砂漠が自分のところの人口を増やそうとして、人間を操っているのかもしれない。メラニーは鳥が自分のくちばしを使って餌をつつくように、あなたの肌をつついて、どんどんとげを取っていく。もうほとんど取れただろうと思ってあなたが腕を曲げて光にかざすと、まだところどころに数本ずつ残っている。そこを指先で軽く撫でると、針で刺されたように痛い。「まだまだ刺さってる。もう二百本くらいは抜いたと思うけれど。」アンはぐったりとソファーに腰を下ろす。「肌が砂漠になったみたいでしょう。とげはそこに生えたサボテンよ。ほら、蟻になったつもりでこの風景を眺めてみて」などと言いながら、メラニーはうんざりした様子も見せずに、あなたの腕に刺さったとげを抜き続ける。

窓の外が気のせいかかすかに陰ってきた。とげが全部抜けたようなので、アンがコーヒーを入れてくれた。メラニーとその娘はそれを飲んでから、車で家に帰っていった。あなたはさっき脱いだ薄い上着を羽織った。すると、ちくっと来た。よく見ると、上着の袖の当たりに、ぎっしりとげが刺さっている。しかもその上着に触れた腕の肌に、とげが数十本、移行している。アンにはそのことは告げなかった。またとげを抜いてほしいと言ったらアンは卒倒するかもしれない。子供がじっとこちらを見ていた。バカだね、と言っているようにも見えた。

あなたは「近くのショッピング・モールまで散歩してくる。電池がいるから」とことわって外に出た。さっきこっそりポケットにしのばせたピンセットでどこかで自分でとげを抜くつもりだった。これ以上、人の世話になるわけにはいかない。広いばかりで稀にしか車の通らない道路脇には一応歩道らしきものが作ってあったが、人影はなく、遠くに見えるショッピング・モールとその手前にあるメキシコ・レストランの看板が舞台の書き割りのように、かすかに黒ずんだ青空を背景にドラマチックに浮かび上がっていた。

ショッピング・モールの中に入ると、冷凍倉庫の中に入ったように寒かった。電池がどうしても必要だから買いに行くというのは嘘だったが、買わないで帰るとおかしいので電器屋を探して歩いた。爪をきれいにしてくれる店、サプリメントの瓶の並んだ店、紙コップに入ったコーヒーを売る店、枕ほどの大きな小説がショーウインドウに並べられた本屋。どこも閑散としているが、ペットショップだけは中から騒がしいオウムの声や羽音や水音がして、前を通ると中から店の主人らしい大柄な男が出て来た。「やあ、元気かい?」と友達のように声をかけてくる。とっさのことだったのであなたは正直に「はい。わたしの人生、すべてオーケーです。サボテンのとげさえなければ」と答えてしまった。男はオウムのような声を出して笑って、「旅行者ですか。どちらから? 今週はすごい蛇が入荷しているんだけれど、見るだけ見ていって」と言って、さっさと店の奥に入っていった。あんなに親しげに話しかけてきても、自分の蛇を見せたがっているだけで、とげを抜いてあげようとかピンセットを貸してあげようとは言ってくれないのだと思って、あなたはがっかりした。

蛇は、白黒のモザイクのような肌を光らせて、ガラスケースの奥にとぐろを巻いて寝ていた。あなたの視線はゆっくりと蛇の曲線を辿っていった。長さは二メートル以上あるだろう。「どうです? 飼って見ませんか?」「餌はどうするんです?」「生きたねずみをここで売ってますよ。ドライフードもあります。」「砂漠の生き物じゃないですよね。」「この蛇はちがいます。砂漠の動物をペットにしたいんですか。」「いえ、別に。砂漠で元気に生きられる動物はいるんですか。」「いますよ。」「それは人間でしょう。」男はまたオウムのような声を出して笑ったが、その時、奥で電話の音がしたのでドアの向こうに姿を消した。

あなたはペットショップを出て、隣のコーヒー屋に入り、一番めだたない席にすわってコーヒーを飲みながら、こっそりとげを抜き始めた。店には時々客が入ってきて、大きな声でコーヒーを買ってはまた去っていった。店内でコーヒーを飲んでいく客はいなかった。あなたは透明でしなやかで、それでいてひどい痛みを与えるとげの世界にひきこまれ、一本また一本とまわりのことを忘れていった。

突然、「とげを抜いているのですか」と言われて、どきっとして顔をあげると、店のエプロンをつけた女性が隣に立っていた。「すみません」と、あわててあやまるあなたに対して、「どうして、あやまるんですか」と驚いた顔を見せてから、「そのピンセット、小さ過ぎるんじゃないですか。大きいのを貸してあげましょう」と言うと、店員はカウンターの方に戻っていった。あなたは苦笑した。なぜいつもまわりの人の迷惑にならないように、叱られないように、笑われないようにとそればかり考えてしまうのだろう。店でとげを抜かれて気を悪くするような心の狭さは店員にはない。

あなたがアンの家に戻る頃には、あたりはもう薄暗かった。アンは誰かと電話中だった。あなたは邪魔したくなかったので廊下に出た。壁には大きな北アメリカの地図が貼ってあった。見るともなく見ていると、地図には無数の穴があいている。まさかサボテンのとげが地図にまで刺さったわけではないだろう。そこへ電話を終えたアンが近寄ってきたので、あなたは「小さな穴があいている」と言ってみた。アンは意味がすぐに分からなかったらしく、きょとんとしていた。「ほら、シカゴ、シアトル、サンタ・バーバラ、ロサンジェルス、ワシントン、ボストン、地図に穴があいているのはどうして？」アンはあなたの言う意味がやっと分かったらしく苦笑した。「それはね、大学に応募してみたいところに、待針を刺した跡なの。これから応募したいところは赤い針、だめだったら白い針に取り替えたの。」アンは点字でも読むように、シカゴの穴を指でさわって言った。「シカゴの夜景、奇麗だった。電気の無駄遣いだっていつも文句を言いながら見ていたのが懐かしいわ。高層ビルのバーでカクテルの一番安いのを頼んで二、三時間、ねばってた」。アンの指はシアトルの穴に移っていった。「シアトルでは、上の方の階より下の方の階が好きで、大通りに面した喫茶店で本を読みながらコーヒー飲んだっけ。店の中にも外にも人がたくさんいて、それぞれ勝手なことしてたっけ。一度目にするだけでもう一生同じ瞬間に同じ場所にいないかもしれない人たちに囲まれて、気分はいつも高揚してた。でも、家族が欲しいと思ったこともあった。それ以外はみんな通行人だから。」「ニューヨークは?」今度はあなたが指を地図につけて訊く。「ニューヨークでは痩せた人がたくさん早足で歩いていて、図書館に着くまでに何人抜かせるか数えながら通ったっけ。夜中の二時からのステージを見にジャズ喫茶にでかけたりもした。そこで彼と知り合ったんだけれど。砂漠にいる限り、もうあんな出会いもないんでしょうね。懐かしい、都会に帰りたい。」「でも地図から針を全部、抜いてしまったのは、都会に帰ることをもうあきらめたってこと?」「あきらめてはいないけれど、先週、同僚を何人か食事に招待したでしょう。こんなにいろいろなところに応募しているのを彼らに見られるのは恥ずかしいから、針は抜いたの。別にこの土地が嫌なわけじゃないし、仕事仲間はいい人ばっかり。でも砂漠で一生を終える決心がまだつかないだけ。」ふと見ると、後ろに子供が立っていた。口をぎゅっと結んでこちらを睨んでいる。「この子にとってはここが故郷だから、砂漠が一番いいって思っているみたいなの。口がきけるようになったら、都会なんて、汚くてうるさくて退屈で最低だって言うかもしれない」と言いながら、アンは子供を抱き上げた。子供は平手でアンの頬を打とうとしたが、アンは軽くかわした。「お腹すいたのね。何か食べましょう。」

子供は大きなトーストパンを一切れ手に取ると、テーブルの上を見回して、ジャムの瓶に手を伸ばした。それを見てアンがパンにジャムを塗って二つに折ってやる。子供は大きな口を開けて、ぱくっと食らいついた。それから、もごもごと規則正しくパンを噛みながら、次第にもごもごという声を鼻歌にまで発展させていった。「この子、いつも歌を歌いながら食べるの。うるさくてごめんね」とアンがあなたを横目で見ながら言った。子供は歌いながら、よどみなくパンを噛み続ける。よそ見したり、中断したりしない。窓の外はすでに群青色で、銀色のものがちりばめられている。「砂漠ってやっぱり星がよく見える。」子供はあなたの顔をちらっと見て、それから二切れ目のパンに手を伸ばした。「この子は、よく食べて、よく寝る子なの。昔から、夜泣きしたこともないし、ものを食べさせるのに苦労したこともない。いつもちゃんと自分の食べたいものが分かっていて、食べ始めたら最後まで誰にもやめさせることはできない。何だか、あたしが育てているのではなくて砂漠が育てているみたい。」

翌日、アンはあなたを車で砂漠に連れ出した。子供は父親といっしょに病院に予防注射を受けに行った。砂地は背の低い緑の灌木に覆われている。遠くに電信柱のようなサボテンが立っている。「あのサボテンは初めの数年はほとんど伸びないからね。ああなるのには六十年くらいかかるの。」はりきった声で砂漠の宣伝を始めたアンは、スイスの会社のマークの入った登山靴を履いていた。緩やかな登り坂になると、アンは傾斜にすっかり身体をあわせて、一歩一歩を踏み出し始めた。その上体の傾きと膝の曲がり具合、足の踏み出し方がなぜかアルプスを思い出させる。「その歩き方、砂漠を歩いているみたいには見えない。」「どう歩けば砂漠らしいの?」「そんなことが昨日来た人間に分かるわけないでしょう。アルプスの雰囲気を思い出してしまったから、そう言っただけ。」「アルプスね。子供の頃、夏休みによく連れて行かれて歩いたっけ。うちの親はアルプスが世界で一番、というより唯一美しい場所だと思ってた。でも、わたしの歩き方、やっぱりどこか砂漠に馴染んできている感じ、あるでしょう?」「そんな風に言われると、そんな気がしてきてしまうけれど。」

アンはふいに足をとめて、実は、もう二人目の子供がお腹にいるのだと言った。横を見ると、いつの間にか丘の中腹に来ていて、緑のまだらのある砂色のじゅうたんが地平線まで続いていた。今、お腹にいる子も長男と同じで砂漠の子になるのだろう。砂漠が生むのか、アンが生むのか。子供が大きくなって、アンが新しい職を見つけて都会に引越すと言ったら、その子は顔を砂色にして怒って、「どうして引越すの。引越すなよ。ここが一番いいよ。俺は砂でできているんだぞ」と大声で抗議するのかもしれない。

第十三章　# 無灯運転

真っ暗である。あなたはホテルの部屋で、ベッドの上で、脚を前に伸ばして、壁にもたれかかっている。首が、取れかけた人形の首のように前に垂れて、揺れている。まるで部屋の真ん中に池があるように見えるのは、カーテンの隙間から向かいのビルのあかりがさしこんでいるからなのだということをさっきから自分自身に心の中でしつこく言い聞かせていた。

頭上の部屋で誰かがかけている音楽のベースのパートだけが聞こえている。ちょうど心臓の鼓動の倍ほどの速さだったが、時々予告もなく消えてしまうので、その間だけ心臓が止まってしまいそうで一時も気が許せない。

自分ではそうしたくなくても顎がこっくりこっくり動いてしまう。一番低い位置に来る度に、こつんと鳴る。骨がまな板にあたるような音だ。いったい何にぶつかるのだろう。少しも痛くはないところをみると、もしかしたらそれは自分の顎ではないのかもしれない。あなたは手のひらで顎を撫でてみようとするが、自分の手が見つからない。
もう何日もこの部屋にこもっているのに、ドアをノックする人はいなかった。かまわないでくれるのは嬉しい。レセプションでは、客の身体が腐って臭ってきたら警察に来てもらってドアをこじ開け、それまでの部屋代をクレジットカードから引き落とせばいいと考えているのかもしれない。クレジットカードの番号さえ分かっていれば、客の身体などなくてもいい、ない方がいいと考えているのかもしれない。でも、身体が腐るまでは、まだまだ時間がかかるだろう。それにあなたは腐る予定など全くない。ただ部屋にこもっているという気分をウイスキーのように熟成させたいだけだ。それまでドアには触らないつもりでいる。ドアの方を見ようともしない。ドアは無視されているうちに、壁の一部になってしまうかもしれない。

誰かが遠くで爪を切っている音がする。一定の間隔を置いて、ぱちんぱちんと丁寧に。長目に間隔のあく時、指から指へ移っているのだろう。十九本目の指が終わって、二十本目の指が終わっても、まだ音は続く。指はいったい何本あるのだろう。なんだかそのぱちんぱちんという音がまるくなってきて、こつこつこつという音に変ってきた。誰かがドアをノックしているのだ。

それまで窓の外の遠くを満たしていたはずの街の音がいつの間にか消えている。ノックの音だけがすぐそこにあった。さっきまでは街の音が低く背後にひろがっていたので、街の中のあるホテル、ホテルの中の部屋、部屋の中の自分と、マトリョーシュカを開けていくように、自分のいる場所を納得することができた。でも今はもう外部という外部は消えてしまった。消えてしまった街の音とはどんな音なのか、と訊かれても思い出せない。

こんな夜中に人が訪ねてくるはずはない。と言っても何時なのかは見当もつかない。ベッドの横にあったはずのテーブルが見つからない。時計はそのテーブルの上に置いてあるはずだった。

廊下にあかりがついたのがドアの隙間から見えた。古いドアで、敷居との間に隙間があいていた。これだけ光が漏れるということは、廊下はかなり明るいのだろう。強盗ならばわざわざ明かりをつけるはずがない。誰かが暖房を修理しに来たのかもしれない。今のところ暖房は壊れていますけれど今夜は冷えないと思いますので、とチェックインの時に念を押されたではないか。あるいは別の緊急事態が起こっているのかもしれない。開けた方がいいのか、それとも眠った振りをしていようか。

肩のあたりが変に薄ら寒い。守護天使のような鷹を肩にとまらせてドアを開けるなら、外にどんな者が立っていても怖くはないのに、と思う。子供の頃からずっと、そんな空想の鷹を飼っていたような記憶が残っている。だから、いじめられたこともないし、試験に落ちたこともなかった。この大陸に渡ってくる時に鷹と別れることになった。

あなたはベッドから出て、ドアの脇にあるスイッチに触れて、部屋の電気をつけ、ドアに向かって「何か御用ですか」と訊いてみた。この非常時にどうしてすぐに開けてくれないのだ、となじられたかのように、あなたはあわてて付け加えた。「寝ていたもので、聞こえなかったんです。すみません。御用は何ですか。」寝ていたとは何事だ、もうまる三日も寝ているではないか、という非難の声が今にも聞こえてきそうだった。「寝ていたのではありません。病気なんです。」あわてて言い訳してから、誰にも非難されていないのだから言い訳する必要などないのだということに気がつく。

ドアの取手をひねって、ゆっくり押し開ける。蛍光灯と思われる光がしろっぽく廊下を照らし出している。左右に閉まったドアが気の遠くなるほど遠くまで続いている。やがて、電気が自動的に消え、廊下の奥は真っ暗になった。あなたは金縛りが解けたように、ドアを閉め、鍵をかけ、今度はチェーンもかけた。すると、そのとたんにまたドアを叩く音がする。それに応えるように、窓ガラスを叩く音がした。あなたは振り返って窓を睨みつけた。外は暗く、部屋の中は明るいので、ガラスに映っているのは自分の顔なのだろうが、そこに重なるようにもう一つ顔が見える。誰かが窓から覗き込んでいるらしい。ここは八階、外から人が覗き込むはずはない。

廊下側からまた、ノックの音が聞こえてくる。ノックの音につぶやきが混ざった。「そう、そう、そう、そうだった、そうじゃなかったかもしれない、思い出せない、思い出さなくてもいい、これから、これから始めよう、そう、そう」と言っているように聞こえた。かすれた低い女の声で、誰の声とも似ていなかった。あなたはもうどうでもよくなって、ぱっとドアを開けた。

入って来たのは、カラスのお面をかぶった女だった。透けるような絹に包まれた堂々とした乳房、乳首が黒く浮きたっている。腰を振るようにして、部屋の真ん中まで大股で進んで、あなたを振り返った。よく引き締まったむきだしの腕や脛がうるしを塗ったように光っている。女はさげている買い物かごの中からミツバチ模様のカーペットを出して、ぱっと目の前に広げた。すると灰色だった壁紙も絨毯もすべてミツバチ模様に変った。

女はかごからアルミフォイルを出して、がさがさと音をたててテーブルを包んだ。床に跪いて、テーブルの脚までも手早く包んだ。その時、絹の衣がめくれて、太腿の間で陰になった部分にレース編みの蜘蛛の巣のようなものが見えた。

女は怒ったようにかごの中からトウモロコシを出し、その先端に生えた若葉色の柔らかい巻き毛をつかんで、一気にかわを剝いた。中から堅そうな金色の粒が現れた。女はそれを見ると満足そうに笑って、トウモロコシを次々むきだしにしては、テーブルの上に並べていった。あなたは女のしていることが理解できないまま、テレビの横に置いてあったウイスキーをグラスに二つ注いで、トウモロコシの横に置いた。こんなことが前にもあったという気がしてならない。

「それでは出発しましょう。」

晩餐の用意ができたから食べるのかと思えばそうではない。あなたは女に背中を押されて廊下に出た。廊下を抜けて裏の「スタッフ専用」と書かれた階段を下り、不自然に明るい地下の駐車場に出た。赤いおもちゃのような自動車が一台とまっていた。女は運転席のドアを開けて、あなたを中に押し込み、自分は助手席について、シートベルトを締めた。

気がつくと、あなたは裸で運転席にすわっていた。シートベルトはすでに締めてある。今さらシートベルトをはずしてまで服を着ようとするのは、裸を嫌うピューリタン精神に無理に自分を合わせようとしているようで、かえって恥ずかしい。ここは温泉気分でゆったり裸で構えたい。あなたは胸を張って、ハンドルを握った。肌に大都会のライトを浴びて走る気分になっていた。

「さあ、出発しましょう。」

そう言われて、あなたは急に大切なことを思い出して唾をのんだ。

「でも、わたしはこういう大きな街で運転するのは苦手ですし、正直言うとペーパー・ドライバーなんです。」

そう言ったとたんに、あなたの身体は折り紙で折った鶴になってしまった。そうかペーパー・ドライバーなんていう英語はきっとないんだ、だから文字通り受け取られて、紙にされてしまったんだ。でも折り鶴ならば裸でも犯罪にはならないのではないか。女はわたしの変身に少しも驚かないで催促した。

「さあ、早く、早く。」

あなたは鍵をまわして、アクセルを踏んだ。その途端、自分がペーパー・ドライバーでさえなく、免許を持っていないことを思い出した。もしかしたら、いつだか免許を取ったのかもしれなかったが、どのようにして免許を取ったのか、取った後で、どこでどんな運転をしたのか何も思い出せない。

地下駐車場の奥で、エグジットという文字が緑色に光っていた。その真下にある鉄のドアが自動的に左右に開いて、車はネオンの花咲く夜景に滑り込んだ。

いつの間にか前後左右を他の車に囲まれて走っている。ライトをつけ忘れたことは分かっているが、スイッチが見つからない。これだけたくさん車が走っていて街は明るいのだから、ライトをつけてもつけなくても同じだと思う。法律に違反はしてしまうが、他の車と同じスピードで走っていればライトがついていないことに誰も気がつかないだろう。スピードだけは他の車たちとぴったり合っている。こういうのを社会に順応しているって言うんだろうか。遅れようとしても、後ろには次の車が迫っているのでスピードを落とすことができない。左右にも車が平行して走っているので車線を替えることもできない。

もしも警察に呼びとめられて、免許証の提示を求められたら、免許証を持っていないことがばれてしまう。そうなったら、緊張して呼吸が乱れて、吐く息にウイスキーのにおいが混ざっていることに気づかれてしまうだろう。「ウイスキーをグラスに注いだのは事実ですが口はつけていません」などという言い訳は通らない。「あなたはホテルにこもって孤独の醱酵するのを待っていたでしょう。その時の醱酵のイメージは、ケンタッキー州にあるバーボン・ウイスキーの工場から借用したでしょう」と言われたらもう言い返すこともできない。

そうなったら、パスポートを見せなければならなくなるだろう。でもパスポートをどこにしまったのか思い出せない。パスポートを最後に見たのはいつだったろう。
とにかく免許を持っていないかもしれないと疑われるような行為を避けることが大切だ。免許証さえあればパスポートがあるかなど路上では問題にならないはずだった。

助手席にすわったカラスのお面をかぶった女があなたの太腿に触る。くすぐったい。何をしているのかと思えば、紙でできたあなたの肌にくちばしで何か書き付けている。くちばしから黒ずんだ血のようにどろどろしたインクがしみ出している。そのインクで一行書いては顔を上げて、満足そうに唸る。それから指を折って何か数えている。音節の数を数えているのか。
女はそのうち歌ができたらしく、肩を前後にゆすりながら、歌い始めた。なんだか聞いたことのある旋律で、誰かの歌を盗んだのかもしれなかった。

「あたしたち　いつも
路地から見あげていた
路地と同じだけ狭かった空
空は狭いねって

ビルの谷間で言いあって育った
ある日、真新しいスーツを着て
ひとり　ビルにのぼった
落ちるかもしれない高み
入社試験を受けに
その日初めて五十階の窓から
見下ろした　路地
とても狭かった
その日
あたしだけが知ってしまったこと
路地は空と同じくらい狭いってこと」

あなたは思わず斜め前のビルを見上げた。もう真夜中なのに、オフィスの窓はまだほとんどみんな明るい。仕事しているのか、仕事している振りをしているのか、ただ電気を消費しているだけなのか、それとも、そうすることで逆にエネルギーを節約しているのか。そんな会社の一つに職をみつけて机をあてがわれれば、もう免許証やパスポートを調べられる心配はなくなるのではないのか。ビルの内側に入れてほしい。

カラスのお面を被った女は低くふるえる声で一節歌っては、くちばしを下げて、あなたの太腿に新しく思いついた歌をかりかりと書き付けて、また歌う。
「砂糖漬けにされていても
ちょっとした誤解が元で
明日は電気椅子に
すわらされているかもしれない
拍手の音がうるさすぎて
パトカーの音が
聞こえなかったの」
あなたはそれを聞いて、声を出して笑った。笑っていいのかどうか分からない箇所で思いっきり笑うのが痛快だった。これなら、やっていけると思った。肝を凍らせ、心臓をつぶし、肺を重くして、血液を鬱々ととどこおらせるような瞬間がそこらじゅうに罠のように口をあけていても、こんな声が聞こえていれば、途中でとまってしまう心配もなく、旅を続けることができるだろう。
「かじかんでいた指が
暖まって　開いて

ブレーキに向かって伸びた
もう　とまっても平気
風景が自分で走っていくから」
あなたはラジオのスイッチが切れているか確かめようと片手をハンドルから離して、スイッチを探す。もしかしたら、今聞こえている声はラジオから流れてくるにすぎないのかもしれないと心配になったのだ。ラジオのスイッチは見つからなかった。ラジオなど初めから付いていないということなのか、それともラジオはあるけれどもスイッチがないということなのか。そこに歌っている人が実際いるのかどうかが知りたかった。でも女の顔を見るには首を九十度以上まわさなければならないし、一インチでもまちがえば隣の車にぶつかってしまいそうで、フロントガラスから眼を離すことができない。それに、たとえ女の顔が見えても、口が本当に動いているかどうかはお面に隠れて見えないかもしれない。でも声を出している身体がそこにあるかどうか、どうしても確かめたい。走るのをやめないで確かめたい。
「それ誰なの
面と向き合っても今までは
分からなかったくせに
それ誰なの

バックミラーに映ったら
急に思い出した
左右逆だったから分かったの
あなたの見つめる水の中の
あなた」

この作品の初出は、「ユリイカ」二〇〇四年十二月増刊号
および二〇〇五年十月号から二〇〇六年八月号まで連載。
ただし、「第十三章　無灯運転」は書き下ろし。

多和田葉子（たわだ ようこ）作家。一九六〇年、東京生まれ。一九八二年よりハンブルグに暮し続ける。二〇〇六年よりベルリンに在住。ドイツ語の著作も多数あり、一九九六年にシャミッソー文学賞を、二〇〇五年にゲーテ・メダルを受賞。日本語での主な著作は次のとおり。

『三人関係』講談社、一九九二年（群像新人文学賞受賞「かかとを失くして」所収）
『犬婿入り』同、一九九三年（芥川賞受賞「犬婿入り」所収）→講談社文庫、一九九八年
『アルファベットの傷口』河出書房新社、一九九三年→『文字移植』と改題、河出文庫、一九九九年
『ゴットハルト鉄道』講談社、一九九六年
『聖女伝説』太田出版、一九九六年
『きつね月』新書館、一九九八年
『飛魂』講談社、一九九八年
『ふたくちおとこ』河出書房新社、一九九八年
『カタコトのうわごと』青土社、一九九九年
『光とゼラチンのライプチッヒ』講談社、二〇〇〇年
『ヒナギクのお茶の場合』新潮社、二〇〇〇年、泉鏡花賞受賞
『変身のためのオピウム』講談社、二〇〇一年
『球形時間』新潮社、二〇〇二年、ドゥマゴ文学賞受賞
『容疑者の夜行列車』青土社、二〇〇二年、伊藤整文学賞・谷崎潤一郎賞受賞
『エクソフォニー』岩波書店、二〇〇三年
『旅をする裸の眼』講談社、二〇〇四年
『傘の死体とわたしの妻』思潮社、二〇〇六年
『海に落とした名前』新潮社、二〇〇六年

アメリカ

非道の大陸

2006年11月15日　第１刷発行
2025年７月15日　第４刷発行

著者——多和田葉子

発行者——清水一人
発行所——青土社
東京都千代田区神田神保町1-29市瀬ビル　郵便番号101-0051
電話03-3291-9831(編集)　03-3294-7829(営業)

本文印刷・製本——株式会社ディグ
扉・表紙・カバー印刷——方英社

装丁——桂川潤

ISBN978-4-7917-6304-7